DU MÊME AUTEUR

AUX ÉDITIONS VERTICALES

Jouer juste, *2003 ; Folio, 2008*

Dans la diagonale, *2005*

Entre les murs, *2006 ; prix France Culture-Télérama 2006 ; Folio, 2007*

Fin de l'histoire, *2007*

Vers la douceur, *2009 ; Folio, 2010*

La blessure la vraie, *2011 ; Folio, 2012*

Deux singes ou ma vie politique, *2013 ; Folio, 2014*

La politesse, *2015*

Molécules, *2016 ; Folio, 2018*

En guerre, *2018 ; Folio, 2020*

Un enlèvement, *2015 ; Folio, 2022*

Ma cruauté, *2022*

CHEZ D'AUTRES ÉDITEURS

Un démocrate, Mick Jagger 1960-1969, *Naïve, 2005 ; Folio, 2014*

Une année en France *(avec Arno Bertina et Oliver Rohe), Gallimard, 2007*

Antimanuel de littérature, *Bréal, 2008 ; Points, 2016*

Le problème, *Éditions Théâtre ouvert, coll. « Tapuscrit », 2008*

L'invention du jeu *(ill. Pascal Lemaître), Hélium, 2009*

Parce que ça nous plaît. L'invention de la jeunesse *(avec Joy Sorman), Larousse, 2010*

Suite des œuvres de François Bégaudeau en fin de volume

l’amour

La première fois que Jeanne voit Pietro, c'est au gymnase où sa mère fait le ménage.

Quand c'est le jour de nettoyer les gradins, la mère embarque sa fille, on n'aura pas trop de quatre bras. Jeanne y gagne 20 francs, ça fait un petit complément à sa paye de l'hôtel. Et puis ça l'occupe.

Un mercredi de février, leurs horaires coïncident avec l'entraînement de l'équipe de basket. Les semelles de caoutchouc crissent sur le parquet, les shorts en nylon luisent sous les projecteurs. Il est là en débardeur rouge, ses cheveux noirs mi-longs ceints d'un bandeau éponge. Chiffon en main, Jeanne se concentre sur le bois verni du banc qu'elle astique pour ne pas le regarder, mais c'est impossible car du haut de ses deux mètres il domine son monde. On ne voit que lui.

À un moment un ballon rebondit jusqu'à elle agenouillée pour lustrer le sol. Elle le renvoie d'un geste malhabile. Il ramasse la grosse boule râpeuse d'une seule main, quand il en faudrait trois à Jeanne. Elle songe qu'elle n'est pas de taille. Elle n'y songe même pas.

Un soir, à la débauche, Jeanne dit qu'elle va rentrer à pied. Sa mère trouve l'idée saugrenue, pour sa part après trois heures debout à faire la vitrine des coupes elle ne marcherait pas dix mètres. En plus il commence à mouiller.

— La pluie c'est bon pour les cheveux.

Dans un soupir la mère rabat la portière de la 3 CV et démarre, laissant sur place l'écervelée.

Quand Pietro sort à son tour du bâtiment blanc, la pluie a eu le temps d'aplatir sa choucroute qu'elle a châtain l'hiver et blonde l'été. De toute façon elle ne compte pas se montrer. Au contraire se recule derrière une benne, hors de vue de la demi-douzaine de garçons qui s'envoient des blagues, sacs de sport en bandoulière. En se répartissant dans trois voitures ils se donnent rendez-vous chez Émile. C'est le Café de la Poste mais tout le monde dit chez Émile, même depuis qu'Émile a laissé les commandes à son fils Joël après sa crise cardiaque. Jeanne fait un crochet par le bourg pour passer devant. Masquée par la buée de la vitre, elle le repère au bout du comptoir, illuminé par le néon du bar. Elle reconnaît Sylvie Vergnault qui l'écoute en souriant béatement. Toute leur année de septième, elles se sont moquées de l'haleine de vinasse de l'instituteur. Ce soir Sylvie a l'air moins réfractaire à la bouteille. Pietro cale un glaçon de son Ricard entre ses dents pour la faire rire et ça marche. Il a le verbe tactile, il ne va plus tarder à l'embrasser. Elle fermera les yeux pour goûter pleinement l'instant. Elle s'imaginera être sa copine, sa fiancée, sa femme s'il le lui demande. Elle se figurera leur maison avec des balcons fleuris comme sur la carte postale envoyée d'Autriche par sa marraine. Elle réalise qu'elle n'a rien à manger. Elle court vers le Coop, à cette heure il n'y a plus que ça d'ouvert. Bernard qui s'apprêtait à tirer le volet métallique la laisse s'enfoncer dans les rayons dont elle revient avec une boîte de cassoulet pour une personne.

En la vidant à la cuillère dans une casserole, elle décide de l'oublier. Entre eux ça ne collera jamais. Elle n'aime pas le Ricard et rien ne dit qu'il aime les balcons fleuris.

Un soir qu'il s'éloigne du gymnase à pied, elle le suit, le crachin aux joues et la peur au ventre. La filature prend fin à hauteur d'un petit immeuble face à la station-service. Pietro plie son grand corps pour faire jouer une clé dans la serrure. C'est bien l'adresse qu'elle a trouvée dans l'annuaire de chez sa mère. Après une poignée de minutes une fenêtre du deuxième s'éclaire. Une ombre fugace glisse sur le plafond. Jeanne vise le carreau avec un gravier et s'enfuit en courant.

À la page 27 avril de l'agenda La Redoute 1971 où elle consigne les événements de sa vie, elle écrit que sa molaire l'a réveillée deux fois, que son propriétaire l'a prévenue d'une augmentation du bail, qu'un client de l'hôtel a imité Fernand Raynaud, qu'après une heure d'attente elle a profité d'un plombier qui sortait de l'immeuble pour glisser une enveloppe vierge dans la boîte au nom de Maldini. À l'intérieur trois phrases à l'encre turquoise formulent une demande de rendez-vous mais sans livrer les informations qui le rendent possible. Le paysage de montagne en filigrane du papier à lettres ne laisse rien deviner de l'expéditrice. D'ailleurs elle n'est jamais allée à la montagne.

Dans les premières versions, elle ne signait pas de son prénom, craignant qu'au gymnase Pietro n'entende sa mère le prononcer et ne fasse le lien. Dans la version validée elle signe de son prénom, espérant qu'au gymnase Pietro entende sa mère le prononcer et fasse le lien. Elle regrette déjà cette audace.

À une page antérieure de l'agenda est scotchée une photo découpée dans L'Écho des Mauges où le buste de Pietro est cerclé au feutre rouge. Comme ses coéquipiers en rang d'oignons avant un match, il a les mains jointes dans le dos et fixe l'objectif à la probable demande du photographe dont Jeanne envie la place.

Une nuit il lui prend la main et l'entraîne dans le vestiaire. Il tire de son casier une coupe en étain qu'il lui tend. Elle ne peut l'attraper, il la tient trop haut. Pietro est un géant et elle un champignon. Une girolle indistincte dans la besace de son oncle Marcel. Elle se hisse sur la pointe, elle étire au maximum les bras comme pour s'envoler, c'est un effort démentiel et il est vain, le trophée demeure hors de portée. Si c'est ça je l'offrirai à une autre, rigole-t-il, et le réveil sonne sans qu'on sache à qui.

Peut-être à Sylvie Vergnault. Peut-être à la blonde platine qui l'attendait un jour après un match. Les prétendantes ne manquent pas, même si peu sont sincères.

Un vendredi de novembre, elle est à balayer l'arrière-cour de l'hôtel quand la clochette du guichet l'appelle et c'est lui, avec son blouson en jean à col moumoute. Il veut une chambre tout de suite. Elle manque dire qu'elle n'est pas dispo pendant le service, réalise à temps sa méprise, bafouille qu'ils sont complets tout le week-end à cause du banquet des anciens combattants. Il se plante la cigarette dans le bec pour se gratter l'avant-bras. C'est la première fois qu'elle lui voit cette montre. Elle n'aime pas les bracelets en acier mais sur lui ça va. Comme il pivote déjà vers la concurrence en face, elle ouvre précipitamment le gros cahier. En cherchant un peu il y a sans doute moyen de faire quelque chose.

— Ce serait bien gentil de votre part.

D'un trait de stylo, Jeanne annule une réservation. Si le client concerné appelle pour confirmer, elle sera au regret de lui annoncer que la chambre est prise. Il sera en colère, l'affaire remontera jusqu'au gérant, elle perdra sa place, il faudra retourner à l'usine de chaussures, le soir elle puera le cuir même après la douche mais tant pis.

Pietro la remercie du fond du cœur en écrasant sa gauloise dans le cendrier du comptoir. Du fond du cœur Jeanne répond : de rien. Il montre son paquet mou vide et dit qu'il revient dans deux minutes.

— D'accord.

En se refermant derrière lui la porte pousse une bouffée d'air froid insensible sur ses joues en feu.

Elle se rue vers la glace du cabinet de toilette. Il fallait que ça tombe le jour où elle porte le sous-pull jaune de quand elle n'a plus rien à se mettre. De sa blouse de ménage dépasse l'horrible col qui en plus lui gratte le cou. Elle imagine retirer le pull et garder la blouse mais déjà un souffle de rue lui parvient, il est de retour, tirant une gauloise du paquet juste acheté. Il s'enregistre sous le nom de Luigi Leduc, et clé en main s'engage dans l'escalier.

Il a fait mine de ne pas la reconnaître. Ou bien il ne l'a pas reconnue. Le visage de Jeanne ne lui dit rien et ce n'est pas réciproque.

Elle cogite sur un moyen de lui faire savoir son prénom quand il redescendra. Simuler une conversation téléphonique où elle le donne ? Se l'écrire au feutre rouge sur la main ? Sur la joue ? Il fera forcément le lien avec l'enveloppe dans sa boîte. Six mois ont passé depuis mais une lettre pareille ça ne s'oublie pas. Elle par exemple elle n'a pas oublié.

Il dira : ah c'est donc toi. Il remerciera le hasard de lui livrer cette Jeanne qu'il désespérait de retrouver. Des années plus tard, dans leur maison aux balcons fleuris, il lui avouera que ce n'était pas un hasard. Il était venu à l'hôtel pour elle, en toute connaissance de cause. Avec pour seul indice son prénom il était remonté jusqu'à elle qu'il contemplait à la dérobée au gymnase. Quand sa mère venait travailler seule, il en était meurtri, l'entraînement lui semblait durer des heures. À cet instant il l'attend dans la chambre qu'elle vient de libérer pour lui, pour eux. Elle s'apprête à monter au troisième pour coller l'oreille à la porte 43 lorsqu'une femme coiffée d'une toque demande où elle peut laisser son parapluie à sécher. Jeanne pousse une chaise du hall minuscule pour faire de la place au parapluie ouvert et humide. La femme demande si monsieur Leduc est déjà là. Jeanne indique la chambre et l'ascenseur après le coude du couloir. La fourrure de la toque est en synthétique. Dans son agenda La Redoute, elle l'appellera la Russe bien qu'elle ne vive pas à Moscou mais ici, avec son mari vétérinaire au bras duquel Jeanne la voit souvent en ville. Au cabinet, c'est elle qui prend les appels. Une année, elle a été miss Maine-et-Loire. Jeanne avait à peine sept ans mais se rappelle les trois finalistes en robe blanche dans le journal.

Pietro ne s'appelle pas Leduc mais il pourrait, songe Jeanne. Lebaron irait bien aussi. Leprince.

Elle rouvre son France Dimanche à la page où Claude François tord la branche d'un cerisier pour attraper un bourgeon. L'article est titré Au moulin de Cloclo. Elle imagine le chanteur tasser le blé dans un sac en chanvre et le renverser sur son dos. Elle saute vers la page des mots fléchés. Elle ne trouve que les incontournables comme Ré ou If. Elle a la tête ailleurs on dirait.

Le parapluie est presque sec quand la Russe le reprend une demi-heure plus tard. Elle remercie à nouveau pour ce service, puis demande à Jeanne si le chat de sa mère va mieux depuis l'été dernier. Jeanne le voit moins depuis qu'elle a sa chambre dans le bourg mais aux dernières nouvelles ça va. Il ne rend plus tout ce qu'il avale, c'est déjà ça. La Russe s'en félicite et fixe Jeanne en lui tendant le billet de 50.

Une poignée de minutes après, la recommandation

de Pietro est plus explicite. Index sur la bouche, il dit qu'il compte sur elle. Jeanne répond qu'il peut. Elle va faire la chambre tout de suite, comme ça il n'y aura pas de traces.

— Nickel.

Elle monte à la 43 changer les draps et taper les oreillers comme elle l'a vu faire par Odette. L'enseigne d'en face projette un halo jaune sur le couvre-lit. Elle essuie les gouttes de la douche avec son mouchoir, fait jouer un battant de fenêtre pour aérer, ramasse trois miettes sur la moquette crème. Derrière le radiateur d'appoint elle tombe sur la toque. Elle s'en coiffe devant la glace de l'armoire, et le soir venu devant le miroir de son lavabo. Elle lui va moins bien qu'à l'actrice du Docteur Jivago.

Dans son lit, elle décide de rendre la toque en mains propres à monsieur Aubain, le vétérinaire, qui sera ravi d'apprendre qu'on l'a trouvée dans une chambre de l'Hôtel de France. Monsieur Aubain posera des questions et Jeanne y répondra avec une précision sourcilleuse, heureuse de pouvoir rendre service. Monsieur Aubain giflera son épouse à son retour des courses, comme ça directement. Il enverra leur fils dans sa chambre pour avoir une explication entre époux. Sous la menace légitime d'une autre gifle elle promet de ne plus voir son amant. De toute façon elle comptait rompre. Elle n'aime pas faire l'amour avec lui. Leurs corps ne sont pas bien accordés. Russe et Italien ça ne peut pas coller. Des volets perce une lumière de pleine lune. Il faut qu'elle redescende.

Le mercredi suivant, pendant qu'il s'entraîne et qu'elle frotte, Pietro lui adresse un clin d'œil. Jeanne lui sourit en retour. Ils partagent un secret.

À la page du 7 janvier de son agenda La Redoute 1972, Jeanne note qu'elle s'est postée tôt le matin sur le trottoir face au cabinet du vétérinaire, qu'à 9 heures s'est garée une GS verte dont monsieur Aubain est sorti en sifflant l'air d'On ira tous au paradis, que Polnareff l'énerve à cacher ses yeux, qu'elle est repartie sans l'aborder.

Quatre pages plus loin est écrit qu'elle a emprunté un aspirateur à sa tante Marie-Thérèse et que Pietro a pris une chambre même jour même heure. Apparue juste après, la Russe s'est réjouie de revoir sa toque, elle croyait l'avoir perdue à l'arbre de Noël des Scouts.

— Vous êtes un ange.

Jeanne dit merci madame Leduc, et madame Aubain accueille d'un sourire cette marque de complicité.

Pour cette fois elle règle la chambre avant, d'autres fois elle réglera après. La maison accepte les deux. Du moment qu'on paye.

Un vendredi de mars c'est Pietro qui redescend le premier. Il se plaint du boucan des travaux qui monte jusqu'au troisième.

— On s'entend plus causer.

Mais est-ce qu'on a pris une chambre pour causer ? s'en veut de penser Jeanne. Il n'a même pas pris la peine de boucler sa ceinture. En marcel ses biceps sont aussi voyants qu'en maillot de basket. Il estime qu'au prix de la chambre les clients ont droit au calme. Jeanne promet d'arranger l'affaire. Il assortit son remerciement d'un clin d'œil et remonte avec une hâte qui serre le cœur.

Elle vole diligemment vers la salle de restaurant où elle demande aux trois ouvriers s'il serait possible de faire moins de bruit. Le patron rigole : va donc casser un mur sans bruit ! Peut-être pas sans bruit, mais sans vibrations, pondère Jeanne.

— Et sans les mains aussi ?

Les deux apprentis soufflent du nez pour saluer la blague. Jeanne propose de leur couler un café, ça leur fera une petite pause, et un répit pour les étages. Le patron décrète que pas le temps et empoigne une brouette pleine de pierres, les yeux plissés par la fumée de son clope.

Revenue à son poste, Jeanne indifférente jusqu'ici ne supporte plus le bruit de la pierre attaquée à la masse. Elle remplit de Fischer trois verres qu'elle rapporte sur un plateau. Le patron concède deux minutes d'inactivité qu'il passe à pester contre les donneurs d'ordre qui veulent qu'on travaille à la fois vite et bien. C'est vouloir le beurre et l'argent du beurre.

Un apprenti ne comprend pas ce que le beurre vient faire là-dedans. Le patron se demande comment ses gènes ont pu donner un pareil crétin des Alpes. Sans doute habitué aux piques paternelles, le fils n'a pas l'air de se formaliser. L'autre fixe Jeanne d'un regard vicieux qui l'irrite. Qu'est-ce qu'il croit ? Ce n'est pas pour lui qu'elle s'est maquillée aujourd'hui. Ce n'est pas pour lui qu'elle fait durer la conversation et l'accalmie. À ce propos, est-ce qu'ils pensent avoir fini avant l'été ?

— Faudra bien.

La réouverture du restaurant est prévue à la rentrée. Le but est de doubler la surface et le nombre de couverts. Une fois les deux pièces réunies, les ouvriers pourront passer au carrelage. Après quoi c'est Martineau et ses gars qui prendront le relais pour l'électricité.

Ils y retournent. Il faut qu'ils aient eu raison de ce mur avant 17 heures. D'habitude ils finissent plus tard mais là le patron est d'enterrement. La femme d'un copain dont la R6 est rentrée dans un poteau électrique à l'entrée de Saint-Julien. La bagnole est morte aussi.

L'heure venue, Jeanne regarde le père et le fils se laver les mains et les avant-bras au robinet de la cour, et le vicieux passer au jet ses brodequins. Les trois s'éloignent, un escabeau sur l'épaule, et disparaissent de sa vue en tournant dans la rue où ça bouchonne. C'est à cause du feu de la place de la mairie, personne ne comprend qu'il soit si long. Au flanc de la camionnette Citroën les lettres de Gérard Moreau Maçonnerie se reflètent dans la vitrine de la droguerie. Au volant, Gérard demande à son fils de lui en allumer une. Un essuie-glace est à la traîne derrière l'autre. En deux gauloises chacun ils sont à la maison où la femme de l'un et mère de l'autre finit d'équeuter des haricots. La chemise qu'elle a repassée attend sur son cintre. Jacques monte dans la chambre se remettre à sa maquette d'avion. Une fois peinte il la disposera en épi face aux fusées alignées sur l'étagère.

Il redescend manger seul avec sa mère, le père a prévu de rester au repas d'après la cérémonie. La pendulette en cuivre donne 7h20, Jacques pensait qu'il était plus. Il baisse le son du poste pour vérifier qu'elle fait tic-tac. Elle fait tic-tac.

Le chien qui a senti le gigot gratte à la porte. Il crotte le sol avec ses pattes pleines de terre.

— Où c'est que t'as traîné encore ?

Le cocker ne répond pas. Le lieu où il est encore allé traîner restera secret. Il s'est jeté sur son écuelle où du pain rassis trempe dans du lait. Le dernier reportage du journal télévisé évoque l'ouverture d'un club de vacances en Martinique. Une façon idéale de passer l'hiver au soleil, en s'adonnant à des activités comme la gymnastique, la poterie, et bien sûr la baignade. À travers la mer transparente le sable est tout blanc. Jacques gobe en une fois sa part de camembert et enfile sa parka.

La Simca 1000 qui prend racine dans la cour de derrière attend sa troisième tentative au permis. Ce sera la bonne, se promet-il. Marre de se les geler sur le 103 pour aller en ville. Marre de mordre sur le bas-côté à chaque voiture dans le dos parce que son feu arrière a des absences.

Chez Émile, son copain Frédéric paye des parties de flipper à une fille coupée au bol. Jacques la croit d'abord nue sous son imperméable mais en fait elle porte une jupe, écossaise. On se demande où il l'a trouvée celle-là encore. Chaque semaine il ramène une nouvelle greluche en clamant qu'il en est marteau. On la revoit trois fois grand maximum et puis on ne la revoit plus.

Quand c'est le tour de Jacques de tirer sa balle, les

deux autres jouent à se chatouiller les côtes en piaillant comme des gosses. Il se dit qu'il tient la chandelle mais sans la chandelle. Un deuxième demi de Kro et après il met les voiles.

Le quatrième demi l'envoie aux chiottes. Comme c'est occupé et que ça presse, il sort se camper devant le mur latéral du bureau de poste. Trois générations de clients ont fait pareil. Le mur a encaissé des milliers de litres d'urine sans se plaindre. Une main à la braguette et la tête en l'air, Jacques cherche à localiser les étoiles apprises pendant les pêches de nuit. Il n'avait qu'à suivre l'index de son grand-père qui glissait sur le ciel comme sur une carte en égrenant les noms. La seule étoile que tu ne verras jamais c'est la bonne étoile, ponctuait l'ancien, qui endetté par une épidémie avait dû vendre ses bêtes et brader sa ferme.

En mars le ciel est encore bas et timides les étoiles. Avec l'été il triplera de volume et elles seront toutes là à portée de doigt. Avec l'automne il rétrécira à nouveau et tout le quotidien avec, écourtant les apéros, figeant les balançoires, pliant les gaules au garage, rentrant les têtes dans les épaules, couvrant bras et jambes, enfouissant les corps sous les couvertures et une nuit de novembre 73 il tombe en une heure plus d'eau qu'en un mois. Des voitures sont piégées au milieu de la départementale. Des vaches se perdent. Des ardoises d'église ont volé. Des routes sont barrées d'arbres qu'on dégage en les tronçonnant. Même les pluies de 57 n'ont pas fait autant de dégâts. Dans la région le climat et les gens sont tempérés.

Les pluies sont aussi douces que les pentes. Elles font fumer les prés mais rarement les inondent. On n'a rien vu venir. Il y a bien eu ce vent maboul qui toute la soirée a gémi sous les portes et sifflé dans les brèches, mais personne ne s'est douté qu'il grossirait en tempête. D'ailleurs prévenus on aurait fait quoi de plus ? Le ciel a bien fait ce qu'il a voulu.

Le ciel a épargné la maison des Moreau mais pas celle d'à côté. Ils se soulagent de cette chance en aidant à écoper la cuisine des voisins infortunés. Gérard remet en marche la machine à laver noyée. Jacques pose une dizaine de carreaux qu'il consolide au mastic. Sa sœur Agnès accourt d'Angers donner un coup de main à sa mère pour nourrir les deux familles aussi longtemps que nécessaire. D'abord un gros pot-au-feu et après on avisera.

Le jour du bingo de soutien aux sinistrés, des bénévoles assis à l'entrée du gymnase encaissent les 12 francs solidaires de l'inscription. Gérard et Jacques font carte à part, histoire de se défier pour rire. Maryvonne sait que ce n'est pas que pour rire. Dans la famille mauvais joueur, elle a pioché le père et le fils. Même dans ce jeu de hasard ils trouvent le moyen de fanfaronner. Gérard propose que le perdant soit accroché au panneau de basket par les cheveux.

— Faudrait encore qu'il t'en reste.

— T'en as déjà plus beaucoup non plus.

De fait, Jacques a le front qui se dégarnit. Quand son copain Frédéric le chambre là-dessus, il rit mais ça ne le fait pas tant rire. En plaçant un deuxième jeton il annonce à la cantonade qu'il aura rempli sa grille avant que le paternel en place un seul. Dans l'excitation il renverse sa tasse de café sur la carte. C'est malin, dit sa mère. Par là elle veut dire que c'est pas malin. Les cases sont noircies, pour lui la partie s'arrête là. Prise d'une pitié moqueuse, sa voisine de table propose de partager sa carte. Pour ce que ça la passionne, le bingo.

Cette partenaire féminine semble avoir le pouvoir magique de policer Jacques. À chaque annonce perdante au micro, il n'insulte ni le destin, ni le bon Dieu. On ne le reconnaît plus.

Lorsque l'animateur clôt la partie en invitant à se rassembler à la buvette au pied des gradins, deux pauvres jetons se battent en duel sur leur carte. Tu fais honte à la famille, nargue Gérard, qui soudain reconnaît le second membre de ce binôme fortuit. Depuis tout à l'heure elle lui disait quelque chose mais maintenant c'est évident, c'est la petite de l'hôtel. Comment que c'est son petit nom déjà ?

— Jeanne.

Elle donne des nouvelles du restaurant qu'ils ont retapé l'an passé. Les nouvelles sont plutôt très bonnes. Ils font trente couverts en moyenne. Le midi les employés de l'imprimerie remplissent deux tiers des tables, et le soir c'est la clientèle de l'hôtel. Le gérant lui raconte que le week-end c'est plus difficile mais elle n'est plus concernée, depuis l'été elle ne travaille qu'en semaine. Elle fait les nuits, ça la déglingue mais c'est mieux payé. Au début elle n'en menait pas large, le moindre bruit de pas dans la rue la mettait aux aguets. Maintenant ça va, elle s'y est faite. Comme elle dit souvent on se fait à tout. C'est pas sorti de la tête d'Einstein mais c'est véridique. Le problème serait plutôt de rester éveillée sans activité. Elle s'est acheté un transistor, mais après 1 heure du matin la radio c'est mort. Heureusement parfois des petits événements la secouent. Des clients qui descendent pour tout et rien. Une dame pour lui demander un tampon. Un monsieur qui a trouvé un mulot mort sur le rebord de la fenêtre. Un superstitieux qui d'un coup ne veut plus d'une chambre à deux chiffres identiques. Un représentant de chez Miko en mal de compagnie à 2 heures du matin. Quel genre de compagnie ? feint de ne pas comprendre Jeanne. Il propose de lui faire un massage de pieds, elle dit non merci. D'ailleurs elle n'a pas le droit de monter avec qui que ce soit, de nuit comme de jour. Si elle avait le droit est-ce qu'elle le ferait ? insiste le VRP. Elle a une seconde d'hésitation mais la question ne se pose pas, le règlement c'est pas pour les chiens. En le regardant attendre l'ascenseur, elle pense que les hommes sont zinzins. Elle pense que si Pietro lui massait les pieds, elle ne trouverait pas ça zinzin, elle trouverait ça normal, à la rigueur elle l'encouragerait, le règlement serait pour les chiens. Tu veux bien me masser les pieds, miaulerait-elle. Jamais avare d'une tendresse, il s'exécuterait, un orteil après l'autre, en s'attardant sur le petit, celui qui la fait tant souffrir quand elle met des talons et ça Pietro le sait. Le problème c'est qu'il ne vient plus à l'hôtel.

Jeanne aimerait croire qu'il a lourdé la Russe mais au 3 février de son agenda La Redoute 1974 elle pressent à l'inverse qu'ils se sont trouvé un nid plus sûr, dans une ville balnéaire et lointaine, à l'égal des vedettes parties à l'étranger en quête d'anonymat. Pourtant la Russe n'est pas bien loin, elle l'a vue un soir avec son mari au Lux, ils ont payé pour le même film qu'elle. Du coup elle n'est pas entrée dans la salle, tant pis pour Vittorio Gassman.

Lui, elle ne le croise jamais, d'autant qu'elle ne va plus au gymnase où maintenant sa mère se fait aider par la fille Barraut. Il était partout et voilà qu'il est nulle part. Elle ne l'a quand même pas inventé.

Parfois elle a cru l'apercevoir au coin d'une rue, à la sortie du tabac, à la fête du cochon, à la galette des rois de l'Amicale des sports, et puis non c'était un autre, moins beau et moins tendre. En passant un coup de chiffon sur le comptoir, elle se raisonne. Il n'a pas pu s'envoler. Si elle recommençait ses sentinelles en face de chez lui, il finirait par apparaître. Ou bien à l'hôtel, pourquoi pas. Ce qui est arrivé une fois peut arriver à nouveau. Quelqu'un pousse la porte et va directement au radiateur se réchauffer les mains. Il se présente comme Frédéric, il ne va pas réserver de chambre, il est avec un copain qui aimerait voir la salle de restaurant mais qui n'ose pas entrer. En achevant sa phrase, il fait signe au grand timide d'avancer dans le hall. Jacques pointe son nez et retire son bonnet rayé. À les voir pouffer bêtement, Jeanne devine qu'ils sortent de l'apéro. C'est histoire de vérifier si les poutres tiennent, ricane encore Frédéric.

Le bonnet de Jacques passe d'une main à l'autre. Jeanne pose une bouteille de Suze sur la console où traîne un Paris Match. Sur la couverture Michèle Mercier est brune alors que dans Angélique marquise des anges elle est rousse. Avec les cheveux des femmes on sait jamais le vrai du faux, commente Frédéric. Jeanne proteste que châtain est sa couleur naturelle. Et sa tresse elle se la fait toute seule.

— Une tresse slave ça s'appelle.

Frédéric trouve ça mignon, Jeanne le remercie du compliment. Pour sa part elle ne le trouve pas mignon. Ce n'est pas tant les dents de devant qui la rebutent que son côté grande gueule. Quant à l'autre il ne parle pas du tout, comme ça au moins c'est simple. Le jour du bingo on l'entendait davantage. Il n'est même pas allé voir les poutres, faudrait savoir ce qu'il veut.

Est-ce qu'il le sait lui-même ?

Pendant la minute où Frédéric s'absente pisser, Jacques se ressert le temps de trouver quelque chose à dire. Il ne trouve rien. Il ne trouve qu'à faire tourner la Suze dans le verre à pied.

— C'est le dernier, après vous décampez.

Si jamais le patron passe à l'improviste et qu'il les voit trinquer, elle aura droit à une soufflante. Frédéric propose qu'elle les rejoigne chez Émile après son service. Jeanne imagine qu'ils n'y seront sans doute plus à 6 heures du matin, ou alors dans un tel état qu'ils ne seront plus beaux à voir.

Ils repartent dans la 104 que Frédéric conduit d'une

main en chantant un refrain paillard. Jacques aimerait faire chorus mais ça ne sort pas. Alors il se contente de rire sous son bonnet, et entre eux le partage des rôles n'a jamais bougé depuis qu'ils se sont connus au foot en pupilles. Ce serait rigolo qu'un soir, juste un soir, ils échangent leurs personnalités. Il ferait les blagues et Frédéric se marrerait. Il aborderait les filles et Frédéric compterait les points. Et puis du même coup il pourrait conduire. À son quatrième examen d'auto-école, il a encore perdu ses moyens, alors qu'avec son père le dimanche sur l'ancienne route de Bressuire, ça roule tout seul. À l'école c'était la même histoire, la poésie qu'il récitait peinard à sa mère lui restait coincée dans le plexus une fois devant la classe.

Jusqu'à nouvel ordre, c'est donc toujours à mobylette qu'il parcourt les quatre kilomètres vers le bourg, chercher une pièce de maquette ou voir les copains. Il l'a trafiquée pour qu'elle crache moins ses poumons dans la montée de la Coopérative. Il a aussi fixé un panier à l'arrière pour le chien. Ça lui fait voir du pays, au bout d'un temps le hameau ça lasse. Sur le trajet il reste impassible, qu'il pleuve ou qu'il vente. C'est en ville que l'assaut d'odeurs et de bruits affole son museau et raidit ses oreilles velues. Jacques se tord sur la selle pour lui gratter la nuque et ça marche. C'est ce qu'il lui faudrait les jours de permis : quelqu'un qui l'apaise d'un geste amical. Il décolle une main du guidon pour saluer Cédric dont le buste dépasse d'un trou de chantier de voirie. Toute la journée au ras du sol à côté de la goudronneuse, faut le vouloir. Et sans le vouloir, c'est pareil. Le chien tire Jacques de ses pensées en aboyant vers le salon de coiffure d'où Jeanne sort à l'instant en nouant son fichu. Jacques fait le tour de l'église pour prendre la rue Clemenceau dans l'autre sens et la croiser comme par hasard.

Comme par hasard il stoppe le 103 à sa hauteur et retire son casque pour qu'elle le reconnaisse. Ils se demandent si ça va. Ils se disent qu'ils font aller. Ils s'éloignent de la goudronneuse pour s'entendre, Jacques toujours en selle pousse sur les jambes, Jeanne marche à côté.

— Ils refont les canalisations il paraît.

Ils estiment que refaire le trottoir ne serait pas de trop non plus. Ou carrément en faire là où ça manque. Dans la rue des Chouans, ça ruisselle à gogo dès qu'il tombe trois gouttes.

Il y a un silence que rompt le cocker en apostrophant un solex. Jacques le reprend sur un ton de surgé. Jeanne trouve que Boule c'est bizarre pour un chien. Jacques explique qu'il l'a appelé comme ça parce qu'il croyait que dans Boule et Bill c'était Boule le chien. Encore aujourd'hui il n'arrive pas à intervertir. Boule c'est bizarre pour un chien mais encore plus pour un humain. Alors que Bill pour un chien ça passe. N'importe comment, c'est trop tard. S'il criait Tais-toi Bill à Boule, il ne se tairait pas. Alors que Tais-toi Boule, il se tait. Enfin pas toujours. S'il en a après une pie, rien ne le fera taire. Tais-toi Bill ou Tais-toi Boule c'est kif-kif.

Jeanne a du mal avec les BD, même Astérix elle

n'accroche pas. Elle passe d'une bulle à l'autre sans s'arrêter sur les images et ça l'agace, elle a l'impression de rater un truc. Elle doit trop aimer les mots. Les mots écrits, en tout cas. Quelque chose l'empêche de dire qu'elle tient un journal. Du coup il y a un autre silence. Une Méhari passe à laquelle Jeanne et Jacques accordent un intérêt disproportionné.

— Et le boulot ça va ?

Ça va plutôt, le père a décroché le chantier de la cantine du collège, ça fait trois mois de contrat assuré, par les temps qui courent c'est Byzance. Ils regardent Boule renifler une grille d'arbre. Jacques tire une brune de son paquet, et de la première taffe le courage de dire qu'il comptait emmener le chien en forêt est-ce que ça lui dirait de les accompagner ?

Ça lui dirait mais pas longtemps, sa mère l'attend à manger ce soir.

Jacques décroche le panier pour le fixer à l'avant. Le chien y prend ses aises et les voilà partis : Jeanne derrière, Jacques au milieu, Boule à la proue.

Sur leur passage les têtes des laitières du père Meunier pivotent à l'unisson.

À la descente, Jeanne se regarde dans le petit rétro rond du Peugeot. Flûte, le casque a aplati sa nouvelle coupe. C'est pas grave, dit Jacques. Frédéric ajouterait que c'est mignon quand même.

Ils s'avancent dans le chemin creusé d'ornières. Les bottines blanches de Jeanne vont souffrir dans la terre humide, mais maintenant qu'on y est, il est trop tard pour reculer. Boule gambade devant eux et rapporte la balle en plastique que Jacques lance et relance avec une application outrée. Ce chien est increvable. Sa mère était pareille, à fureter partout dès qu'elle débarquait quelque part.

— Les cockers on leur donnerait le bon Dieu sans confession.

Jacques n'est pas sûr de l'expression à laquelle Jeanne a acquiescé sans bien voir le rapport. Boule revient trempé, il s'est jeté dans une mare cerclée de roseaux. Jacques retire sa parka pour lui frotter le poil, puis se la noue autour des hanches en attendant qu'elle sèche. La bête est déjà repartie dans la direction de la balle.

— Tiens regarde le cerf là-bas.

En se voûtant comme pour se cacher, Jacques pointe un bout de forêt borné par deux chênes. Jeanne finit par repérer l'animal qui se détache de la luzerne, placide et sans peur. On dirait une statue de cuivre, chuchote-t-elle. Moi tu vois un cerf je pourrais pas, chuchote Jacques. Le tirer je pourrais pas. Des chevreuils autant que tu veux mais un cerf non c'est drôle hein ?

— Et une perdrix tu peux ?

— Ben oui.

— Et un faisan ?

— Ben oui.

Ils ne savent pas s'ils doivent se remettre en marche. Ils se remettent en marche. Jeanne demande à quoi ça lui sert. Les bois. Au cerf. Jacques dit à affronter d'autres mâles quand c'est la saison. D'ailleurs la saison c'est bientôt. C'est déjà là. On sent la sève qui monte. Jacques frissonne. Croyant que c'est un frisson de froid, Jeanne lui propose la moitié de son anorak.

— Comme saint Martin.

Joueuse, elle libère une manche pour qu'il y glisse son bras, ça les met dans une posture rigolote, ils en rajoutent exprès. Boule a mis du temps à remonter la balle échouée dans un fossé. Il la recrache aux pieds de son maître et attend la suite des opérations. La balle reste inerte. Boule grogne d'impatience. Jacques décolle ses lèvres de celles de Jeanne pour lui dire de la fermer. Il ramasse la balle et la lance aussi loin que possible. Jusqu'en Chine ce serait parfait. Ils se rappellent qu'ils ont chacun un bras dans une manche d'anorak. Ils se dépêtrent comme ils peuvent.

Comme ils ont fait demi-tour, Boule les dépasse. Il n'a rien dans la gueule. Jacques lâche la main de Jeanne pour rebrousser chemin en quête de la balle délaissée. Quelle plaie ce cleb.

Sur le trajet retour, les vaches du père Meunier ne sont plus au pré. C'est l'heure où tout le monde rentre. Boule se tient droit à la proue, vigie fiable. Jeanne serre sa prise sur les hanches du conducteur. Le vent a fraîchi mais même en tee-shirt Jacques ne sent rien.

À la pancarte du bourg, Jeanne tend le bras dans la direction du cimetière. Sa mère habite vingt mètres avant, là juste à gauche, les volets mauves.

Jeanne court à petits pas vers le portillon et ce n'est pas parce qu'elle est en retard. À sa place Jacques courrait aussi. Ou bien se retiendrait de courir car il est un homme.

Il remet le panier de Boule à l'arrière. Devant c'est quand même moins pratique, il ne s'agirait pas qu'il s'habitue.

Jeanne est priée de laisser ses bottines boueuses dans l'entrée. Sa mère a fait les sols le matin même. Elle vient d'avoir son frère au téléphone depuis la clinique. C'est maintenant certain qu'ils vont lui enlever un rein. Ils feront ça en juin, c'est son dernier printemps normal. En servant le civet de lapin, elle se demande si on survit longtemps avec un rein en moins. Elle avec deux tout la fatigue. Même planter des tomates l'essouffle. Les ménages ça ne sera bientôt plus possible, ni au gymnase ni rien. Elle va se remettre à la couture, avec sa pension de veuve de guerre ça lui suffira. Mais est-ce qu'on a encore besoin de couturières maintenant qu'on achète des vêtements tout prêts à porter ?

L'émission de variétés du samedi met à l'honneur Serge Lama. Sur Les petites femmes de Pigalle, des danseuses de french cancan papillonnent autour du chanteur en smoking. Jeanne emballée projette de se payer le 45 tours, ils l'auront sans doute au Discorama. Si c'était elle qui décidait et non son porte-monnaie, elle en achèterait cent par mois. À l'hôtel quand une chanson interrompt le bla-bla de la radio elle colle son oreille au transistor pour mieux profiter. Elle aimerait chanter par-dessus aussi, mais à tous les coups un client y trouverait l'occasion de se plaindre.

Le soir où Jacques appelle, Europe nº 1 propose une émission sur les ovnis. Des auditeurs témoignent qu'ils ont vu descendre du ciel des choses lumineuses. Une nuit une soucoupe de la taille d'une moissonneuse s'est posée au milieu d'un champ de sorgho. Le lendemain matin elle était repartie dans sa galaxie. Comme Jeanne a d'abord pris un ton professionnel pour dire Hôtel de France bonsoir, Jacques prend une voix de monsieur pour dire qu'il aimerait racheter l'établissement. Elle rit, elle l'a reconnu, elle baisse le transistor, il demande s'il peut passer. Il appelle de chez Frédéric, c'est à cinq minutes à pied, dix à tout casser. Jeanne demande si le copain va l'accompagner.

— Tu préfères ?

— Non je préfère pas.

Une fois raccroché, elle remonte le transistor. Une voix plate interrompt l'émission pour annoncer la mort du président Pompidou, qu'à son tour Jeanne annonce à Jacques.

— On n'a qu'à boire à sa santé.

— À sa santé c'est pas gagné.

Jacques ne pige qu'après un temps et rectifie. On va boire à la santé du prochain président, plutôt.

— Ce sera qui tu crois ?

— Ce sera pas moi.

Jacques porte une chemise orange, Jeanne un pantalon orange. Ils le remarquent. Chacun à part soi y voit un signe mais ignore de quoi. Elle revient du bar avec la Suze. Ils trinqueront à trois car un client qui vient de prendre sa clé paye sa tournée. Il tend son paquet de cigarettes avec filtre, tout le monde se sert. Jeanne ajoute un verre et un bol de cacahuètes en coque. Le client prodigue a l'air tout exalté, ses bras font des moulinets. Peut-être qu'il est amoureux. Peut-être qu'il a bu. Il a donné un spectacle de contes à la salle des fêtes. Conteur c'est son métier. Demain il se produit à La Roche, après-demain à Luçon où je suis né, après-après-demain à Clisson, il tourne partout dans les Pays de Loire quoi. Une cacahuète restée en travers le fait tousser. Il reprend sans que Jacques et Jeanne lui aient demandé. Il construit ses contes en brodant sur des légendes nordiques. Dans la légende du roi des eaux, Hedda, fille de bûcheron, s'est vu prédire par un mage qu'elle trouverait son roi au milieu des eaux. Alors, pour forcer le destin, l'enfant des bois embarque sur un drakkar qu'elle ne quitte plus. Au bout d'un an l'équipage d'abord amusé par cette tocade tente de la ramener à la raison, une frêle jeune femme comme elle ne peut pas sacrifier sa jeunesse sur l'autel d'une improbable prédiction, mais qui c'est qui cocotte comme ça ? Pas sur le drakkar, mais dans ce hall. Qui s'est aspergé de parfum ? redemande le conteur.

Jacques sent qu'il rougit. Le sentir le fait rougir encore plus. Ce n'est pas du parfum mais de l'eau de Cologne, empruntée à sa mère.

— T'aurais dû lui emprunter sa laque aussi !

On se demande alors si la jeune fille de bûcheron a fini par trouver son roi. Elle a trouvé infiniment mieux que ça, dramatise le conteur. Qu'est-ce qui est mieux qu'un roi ? demande Jacques qui aimerait s'asperger de Suze pour couvrir l'eau de Cologne. Un beau roi vaillant apparu à dos de dauphin au milieu des eaux, s'exalte le conteur. Et d'où qu'il sort çui-là ? demande Jeanne. Ça le conteur leur laisse le soin de le deviner car le marchand de sable bat le rappel.

Le silence que fait son départ s'emplit d'embarras.

Jeanne a des doutes sur la présence d'un dauphin dans une mer du Nord. Quoique c'était peut-être une mer du Sud car à ce moment du récit le bateau était parti depuis longtemps.

Elle rabat les coques de cacahuètes au creux de sa main pour les jeter. Quand il n'y a plus de coques elle passe encore la main sur la console.

— Et Boule ça va ?

— Oui ça va.

Jeanne se raccroche au sac plastique E. Leclerc de Jacques. Il a fait des courses ? Jacques l'avait presque oublié. Il en extrait une boîte à chaussures et de la boîte un avion miniature. Il l'a fini ce matin exprès pour elle. C'est un MiG-21, le fleuron de l'armée soviétique, reproduit dans le moindre détail.

— T'es pour les Russes toi ?

Jacques n'est pour personne, il est pour les beaux avions. Il a peint la carlingue en mauve comme les volets de sa mère. Jeanne n'aime pas spécialement le mauve mais ça mérite quand même une bise. Il demande une bise sur l'autre joue, puis une autre et la quatrième tourne au baiser. Il s'inquiète de son haleine, chez Frédéric ils n'ont pas bu que de la citronnade. Comme ils se sont déportés et manquent écraser l'avion, Jeanne le range à l'écart. Elle s'en voudrait de casser son cadeau. Elle fixera une étagère rien que pour lui. Elle ne sait plus ce qu'elle dit. Il lui prend la main, de l'autre elle met la bouteille à l'abri. Ils reprennent où ils en étaient. À la sonnerie elle se dégage pour décrocher puis raccrocher le combiné.

— Je suis en rendez-vous.

Jacques rigole. Son rire est un compost de tension et de bonne humeur. Il la tire à lui pour continuer mais elle résiste, ils ne peuvent pas rester là, c'est trop petit et c'est pas permis. Il a un regard vers la remise mais là non plus ça n'ira pas. Jeanne cherche une solution qu'elle connaît déjà. Elle attrape une clé libre sur le panneau en contreplaqué. Elle retourne l'écriteau Veuillez patienter.

La moquette usée du premier étage feutre à peine leurs pas. Des ronflements filtrent. Dans la chambre 17, ils s'allongent sur le lit tout fait. Du pied gauche elle se débarrasse de sa bottine droite et vice versa. Il passe la main sous son pull en synthétique puis dans son jean qu'elle dézippe pour qu'il aille plus bas. Elle dit : attends. Il suspend ses gestes. Elle se lève retirer la couverture, le drap, la housse de drap. Il enlève sa gourmette de communion gravée de son prénom. Comme ça il ne blessera personne. Elle revient avec deux serviettes qu'elle étale sous eux.

— T'es pas vierge au moins ?

— Ben non quand même pas.

Nus, elle demande s'il a ce qu'il faut. Il dit qu'il fera attention. Elle dit pas de blague hein ? Le moment venu il se retire pour éjaculer dans sa main.

Pendant qu'il s'essuie au lavabo, Jeanne renfile sa culotte en coton. Elle doit reprendre son poste. Ils s'aident pour laisser la chambre dans l'état où ils l'ont trouvée. Drap, couverture, couvre-lit. Jeanne prend les serviettes et lui laisse la clé. Qu'il n'hésite pas à forcer si ça résiste. Même les serrures sont usées dans cet hôtel.

Jacques se met à la fenêtre pour se griller une Camel. La Camel lui évoque le conteur qui lui évoque le roi dauphin. Le H de l'enseigne de l'hôtel concurrent est éteint. Ça ne change rien à la prononciation.

Un autre soir, depuis la 34, il regarde un couple tituber jusqu'à une Audi noire immatriculée dans l'Eure-et-Loir.

De la 47, un étage plus haut, on voit les trois panaches de fumée de l'usine de chaussures.

Dans la 9 au rez-de-chaussée, Jeanne commence par fermer les volets des fois qu'un curieux passerait par là.

Le papier peint de la 12 a pour motif un nénuphar marron tacheté de bleu. Celui de la 13 également.

Dans la 43, l'enseigne d'en face projette un halo jaune sur le couvre-lit.

Sur le drap de la 23, Jeanne boutonnant son chemisier repère une traînée rougeâtre. Elle se passe un doigt pour confirmer. Elles arrivent tôt ce mois-ci. D'un geste sec elle tire le drap pour le rouler en boule avant que Jacques revienne des toilettes du palier.

Dans la serrure de la 11 s'introduit une clé. Jacques se

fige entre les cuisses de Jeanne en attendant que le client aviné réalise son erreur. Puis reprend.

Une nuit qu'ils s'attardent imprudemment sur le matelas trop mou de la 27, Jacques dit qu'il va s'engager dans l'armée. Avec la crise, le carnet de commandes de son père s'est vidé, bientôt il ne pourra plus régler deux salaires. Il gardera l'apprenti et son fils devra aller voir ailleurs. D'ailleurs c'est pas plus mal. Travailler en famille ça va deux minutes.

— Sa mauvaise humeur c'est toujours sur moi qu'il la passe.

Il se lève ouvrir la fenêtre pour chasser la fumée. Une ampoule de guirlande municipale grésille. Il n'a pas un mauvais souvenir de son service. On ne s'y ennuie pas plus qu'ailleurs. Et puis il pourra passer le permis, là-bas ils lui chieront pas une pendule pour un oubli de priorité.

Il utilise cette expression sans conviction, car personne n'a jamais chié une pendule. Ou alors une pendulette, plaisante Jeanne. Une montre, enchérit Jacques.

Sur le coup Jeanne ne trouve rien à redire à ce projet, mais au moment d'en informer la page du 13 décembre de son agenda 1974, les violons de Maxime Le Forestier sanglotent dans l'électrophone.

Au milieu de leurs courses de Noël à Cholet, elle dit à Jacques que l'armée c'est une mauvaise idée. S'il a supporté le service c'est parce qu'il y avait la quille au bout, mais toute une vie dans une caserne elle le connaît ça va le rendre dingue.

— Au moins je vais voir du pays.

— C'est toi qui bouges jamais qui dis ça ?

Déjà qu'un saut en Bretagne lui paraît le bout du monde.

Jacques l'admet, mais en quoi ça la regarde ?

En effet, ça ne la regarde pas, chacun sa vie. Elle l'aide juste à bien peser le pour et le contre. Qui le fera sinon ? Pas ses parents, trop heureux qu'ils seront d'apprendre sa décision. Sa mère rassurée de le voir casé quelque part, son père fier comme Artaban que son unique descendant masculin porte l'uniforme. Lui qu'a raté l'Algérie ça le soulagera de sa frustration.

— Où tu vas chercher tout ça toi ?

— Dans ma tête.

Et puis, continue-t-elle, s'il s'embarque dans une vie pareille, il ne verra pratiquement plus ses proches. Jacques dit qu'il reviendra souvent, il ne va pas les oublier. Jeanne dit : comment ça souvent ? Combien ils te donnent de permissions par an ? Trois ? Deux ? Merci bien ! Le froid de décembre lui mouille les yeux. Il lui offre un cornet de marrons chauds qu'ils partagent sur un banc devant la statue Gloria Victis.

— Boule aussi il va te manquer.

— Oui.

— Et toi aussi tu vas lui manquer.

— Tu crois ?

Le cornet se vide. L'ange déploie ses ailes. Jacques songe qu'il doit avoir mal à force. Jeanne dit le boulot on en trouve si on cherche. Tout a quand même pas fermé dans ce pays.

Une fois passé le Nouvel An, on la voit corriger les fautes d'une lettre de candidature à un emploi municipal. L'orthographe et Jacques ça fait deux. Sur la carte postale qu'il lui a envoyée de La Faute-sur-Mer, il a écrit J'ai ramassé des coqillages et J'ai tellement hâte de te retrouvé.

Il n'y a plus qu'à attendre la réponse de l'administration. Jacques ne pense plus à l'armée, les violons de l'électrophone font moins pleurer Jeanne.

Le premier dimanche qu'elle passe chez ses parents est de Pâques. Depuis le temps que son crétin de fils leur parle d'elle, Gérard lui a dit : ramène-la donc par ici. Les présentations ont bien été faites au bal du 14, mais avec la musique il n'y avait pas moyen de discuter.

Vers 11 heures Maryvonne sort le service de table en porcelaine. Jacques se fiche d'elle.

— On reçoit pas Giscard non plus.

Dès que Jeanne apparaît au pied de l'allée, Boule fend la cour pour lui faire la fête. Il la connaît bien, il est de toutes leurs balades. Une fois à la fin d'un pique-nique ils se sont déshabillés et tout le temps que ça a duré il est resté au bord de la nappe à faire le guet.

Jeanne a mis la robe imprimée de cerises que sa mère lui a cousue pour un baptême. Elle s'avise du bébé qui joue sur un tas de sable. C'est un des petits que Maryvonne garde pour mettre du beurre dans les épinards. Jacques observe que pour autant ils ne mangent jamais d'épinards. Les parents du petit habitent de l'autre côté de la route, ils le récupéreront après la messe.

Maryvonne débarrasse Jeanne de son carton de pâtisserie, comme ça elle peut suivre Jacques à l'étage.

Pendant qu'elle détaille les fusées sur l'étagère, il passe une main sous sa robe et remonte entre ses cuisses. Ils hésitent puis renoncent. Il explique que la plus grande fusée est Apollo 11, celle qui s'est posée sur la Lune. Enfin c'est le module lunaire qui s'est posé.

Même en se concentrant, Jeanne ne parvient pas à concevoir ce voyage. Trop loin. Trop haut.

Sur le poster au-dessus du lit, Johnny est à genoux sur scène, pied de micro rabattu vers sa bouche rugissante. Jeanne dit qu'elle lui offrira une chemise à jabot toute pareille pour ses vingt-cinq ans. Jacques pense qu'il aura l'air d'un guignol avec.

— Il a pas l'air d'un guignol lui.

— Mais lui c'est lui.

Pendant l'apéritif, Jeanne remarque la jolie pendulette en cuivre sur le buffet. Maryvonne en est très satisfaite, pas un raté en vingt ans. Pourtant elle n'est pas d'hier. Ils l'ont eue en héritage des parents de Gérard qui la tenaient de leurs parents, et va savoir jusqu'à quand remonter encore. Pour illustration Maryvonne montre la photo encadrée au-dessus du buffet où posent ses beaux-parents. Madame assise les mains posées sur une cuisse, monsieur debout derrière en uniforme. C'était en 17, il avait profité d'une semaine de permission pour l'épouser avant que sa grossesse se voie. Il est reparti le lendemain du côté de Verdun et il n'est jamais revenu.

Même pas les deux pieds devant, puisqu'on n'a jamais retrouvé son corps.

— On lui a bien fait une tombe mais avec rien dedans.

Pour l'entrée Maryvonne a pris de la galantine de chez Perraud. Question charcuterie, c'est ce qu'il y a de mieux en ville. Jeanne aime autant celle en face du magasin Kodak mais Maryvonne trouve que c'est moins pratique pour se garer. À tout prendre elle préfère celle de Saint-Rémy, où ils sont généreux sur les parts. Pas le genre à te faire des tranches de jambon épaisses comme du papier à cigarettes. Jacques s'en allume une, son père l'imite, Jeanne se laisse convaincre. Avec le rôti, il y a des haricots ou des patates, c'est comme on veut. Jeanne connaît Saint-Rémy, c'est là que se trouvait la scierie où travaillait son père. Depuis elle a fermé mais elle tournait encore quand il est mort des suites d'une pneumonie attrapée en Indochine.

Figurez-vous que Saint-Rémy c'est aussi là que Gérard l'a demandée en mariage. À la buvette du stade de foot, complète l'époux en dépoussiérant la bouteille remontée de la cave. L'alcool fait dire n'importe quoi, conclut-il en servant Jeanne qui d'un doigt l'arrête à mi-verre.

— Une heure après je regrettais déjà.

Pas autant que moi, enchaîne Maryvonne en sortant une boîte de dragées, cependant que Jacques s'applique au partage de la tarte aux fraises qui a bonne mine, Jeanne n'est pas mécontente de son choix. Gérard débouche un mousseux pour qu'on trinque aux débuts de Jacques comme jardinier municipal.

— C'est pas pour ce qu'il a la main verte !

Jacques ne relève pas la taquinerie. D'abord on n'a jamais vu personne avec une main verte sauf Hulk. Ensuite il ne se fait aucun mouron, il apprendra sur le tas, c'est la meilleure école. Il n'aura qu'à regarder faire le chef d'équipe Jean-Marie pour apprendre à planter des haies de thuyas, à éclaircir un bosquet, à élaguer un marronnier, à entretenir un massif, à tondre une pelouse sans dénaturer les brins, à manipuler une tronçonneuse sans y perdre un doigt comme lui.

Jacques y prendra goût. Bientôt seuls les horaires lui pèseront. Le réveil à 6 heures faut quand même s'y faire.

Les mois passant, le temps aidant, il s'y fait. Quand il flotte ses camarades et lui sont les premiers servis mais au moins ils prennent l'air. Il n'aurait pas pu travailler confiné, comme sa sœur dans la pièce sans fenêtre du standard téléphonique.

C'est souvent que Jeanne va au boulot à l'heure même où Jacques quitte le sien. On s'y fait aussi mais au fond on ne s'y fait pas. Au 6 octobre de l'agenda 1975, elle prend la résolution de trouver, petit 1, un autre emploi avant les fêtes, petit 2, un emploi de jour, petit 3, un emploi si possible en rapport avec son certificat de sténodactylo. Elle exprime aussi le vœu de faire moins de crises d'asthme et de continuer à voir sa copine Nathalie partie faire infirmière à Rennes. Pour multiplier ses chances elle touche le bois de son lit.

Deux vœux sur trois se réalisent au printemps suivant. La secrétaire de l'assureur chez qui sa mère fait le ménage ne reprendra pas après son accouchement. Deux enfants à s'occuper, ça commence à faire beaucoup, et son mari vient de passer cadre, ils pourront s'en sortir avec un seul salaire.

Jeanne prendra le poste un 1er avril en tâchant de n'y trouver aucun présage. Chaque jour elle ouvrira l'agence à 8 h 30, et la fermera à 18 heures. Elle aimera mieux sa vie comme ça. Fini le sommeil diurne percé de bruits de camion et de sirène des pompiers. Jacques qui finit à 19 heures, au pire 20, la retrouve chez elle et non plus à l'hôtel, c'est un gros plus. On a juste perdu sur le chauffage. La chambre de Jeanne est mal isolée, l'été on crève et l'hiver le poêle est impuissant contre l'air qui s'infiltre de partout. À l'arrivée de Jacques ils se fourrent sous les draps et se serrent avides de la chaleur de l'autre. Ils restent de longues minutes comme ça sans se déshabiller. Rien ne les presse, aucun client ronchon, aucune sonnerie de téléphone, autre gain par rapport à l'hôtel. Ils prennent le temps qu'il faut, et peuvent laisser le lit défait quand ils descendent manger un bout au bistrot d'en bas. Ou Jeanne fait chauffer une boîte de cassoulet pour deux qu'ils mangent assis en tailleur sur le tapis.

Si elle en a le temps et l'envie, elle prépare quelque chose de plus roboratif. Elle a parfois le temps mais rarement l'envie. Sa mère a eu beau la mettre aux fourneaux dès le berceau ou presque, la cuisine ça la barbe. Frédéric, qui selon Jeanne devrait moins l'ouvrir quand il s'est envoyé trois joints dans le cerveau, trouve que cette lacune est embêtante pour une femme. Jacques pour sa part ne trouve pas ça embêtant. On se débrouille.

La semaine qui précède le mariage, Jacques multiplie les boulettes au travail. Le chef le secoue avant qu'il arrive un drame. S'il ne se reprend pas, c'est pas un doigt qu'il va perdre, c'est tout l'avant-bras. Jacques s'excuse, il n'a pas la tête au laurier mais à la danse d'honneur. La nuit il rêve que Jeanne et lui y sont et que la chanson n'en finit jamais. Tout le long de la fête c'est la même qui est jouée. Une voix annonce régulièrement qu'on va changer mais on ne change pas. Jacques voudrait s'évader mais le cercle formé par les convives fait l'effet d'un enclos de barbelés. Jeanne est habillée adéquatement mais lui est en chaussettes et son père furieux l'exhorte à mettre un casque.

Pour la énième fois Jacques demande si cette danse est obligée. Pour la énième fois Jeanne répond que oui c'est obligé, les mariés ouvrent le bal c'est la tradition. Comme le discours du curé, même s'il bute sur les p et les b depuis que sa tête a tapé contre un mur lors d'un accident de bicyclette. Comme jeter le riz à la sortie de l'église, même si sa mère ne supporte plus le riz rapport à l'Indochine.

Elle enclenche le bras de l'électrophone et ils y retournent. Là, juste avec elle, Jacques est en rythme, pas de souci. Mais devant tout le monde il s'emmêlera les pinceaux c'est couru d'avance.

— T'es pessimiste.

— Je suis réaliste.

Pour cesser de psychoter Jacques s'occupe. Les dernières quarante-huit heures il fournit partout. Il fait le tour des copains qui hébergeront les invités venus de loin. Il passe un coup de fil au collègue qui véhiculera Joël son cousin polio. Il ajoute quatre cubis dans la commande en gros pour le vin d'honneur. Il rassemble les chaises disponibles dans le garage de sa belle-mère pour que ce soit plus pratique, et malgré cette précaution le jour J il en manque. On a beau compter et recompter, il n'y en a ni plus ni moins que 56 alors qu'on est prévus 70 au repas de midi.

Le mystère est vite élucidé : les 15 qui manquent sont celles que l'oncle Jeannot devait ramener dans son semi-remorque, sauf qu'à l'aube la batterie de son bahut était à plat. Sans doute des lutins qui ont joué avec les phares toute la nuit. Ou le camionneur rond comme une queue de pelle qui s'est écroulé sur le volant sans éteindre l'autoradio.

Gérard file en camionnette au club de belote prendre ce qu'il faut de chaises. La moitié commence à fatiguer d'avoir supporté tant de fesses, mais ça fera la blague.

Ça fait tellement la blague qu'un bruit de chute interrompt net le brouhaha du banquet de noces. Une chaise vient de lâcher, celle de la vieille Clémence tout ébahie de se retrouver le cul par terre. De tous les coins de la table on se lève, le fromage attendra, mais Clémence s'est remise d'aplomb sans aide. Elle en a vu d'autres. Deux guerres mondiales, un mari volage, un fils tuberculeux, et six mille enfants mis au monde dont Jeanne. Quarante ans sage-femme sans interruption, même sous l'Occupation. C'est quand même pas trois Chleuhs qu'allaient nous empêcher de naître.

L'arrivée de la pièce montée clôt l'incident. Au sommet du gâteau deux mariés se tiennent la main. Lui costume noir, elle robe blanche. Lui haut-de-forme, elle couronne nuptiale. La chanteuse de l'orchestre les appelle pour lancer le bal. Fort des verres de pinot accumulés, Jacques y va sans peur et fait tout comme Jeanne lui a appris. Il arrive même à chanter en même temps sans désynchroniser ses pas. Il y a juste un moment où il dit les paroles de Sylvie et passe son tour sur celles de Johnny. Il se reprend sur le refrain où les deux sont en chœur.

— Si tu n'es pas vraiment l'amour tu lui ressembles.

Jeanne apprécie que son désormais mari ne lui ait écrasé qu'une fois les pieds déjà en compote dans ses escarpins pointus.

L'orchestre enchaîne avec une série de valses pour les anciens qui partiront plus tôt, contents d'en avoir été et contents d'en partir. La mère de Jeanne surmonte sa lassitude pour rester. C'est pas tous les jours qu'on marie sa fille. Souriante et triste elle regarde les couples se former pour les rocks où excellent Nathalie, première témoin de la mariée, et Guillaume, brancardier dans le même CHU qu'elle. Ces deux-là s'ils ne sont pas déjà ensemble ça sera fait dans la nuit.

Pendant L'été indien, le neveu de Gérard prend Frédéric par le col et l'accule à la grande cheminée en berne. Il a vu Frédéric profiter du slow pour peloter sa femme. Il l'a vu de ses yeux, et non il n'est pas bourré, il est extrêmement lucide, il a toute sa tête, son nom est Dominique Moreau, son numéro de téléphone est le 30-45-76, il habite chemin des Pèlerins à Saint-Laurent-sur-Sèvre, il est au mariage de son cousin Jacques, il a repris du bar au beurre blanc, il a cotisé pour offrir un frigidaire Brandt aux mariés, lui-même est passé à l'église il y a trois ans et sa moitié ici présente lui a juré fidélité donc merde. Sa moitié se colle à lui nez contre nez pour le raisonner. C'est vrai que son cavalier s'est un peu frotté mais il ne lui a pas touché la poitrine, elle le jure sur la tête de leur fils qui en plus a la varicelle. Les deux hommes continuent à s'insulter par-dessus la silhouette frêle interposée. Comme le duo qui officie sur le podium couvre leurs voix, ils ont l'air de deux muets qui s'égosillent. Laisse les gondoles à Venise, on n'ouvre pas les valises. Gérard accourt pour indiquer la niche aux deux branleurs. Il a tombé la veste et ses bretelles rayent sa chemise blanche trempée de sueur. Il ne veut pas de bagarre au mariage de son fils, c'est clair net et précis. Le neveu ramasse la fleur tombée pendant l'incident et la remet à la boutonnière de Frédéric qui propose de passer au digeo. La chanteuse retourne son micro vers la salle. Laissons Capri aux touristes, chantent en chœur Maryvonne et sa sœur. Laissons les lunes de miel aux artistes.

En plus du frigidaire et de tout un tas de choses bien utiles mine de rien, Jeanne et Jacques ont eu un bon d'achat de 2 000 francs chez Monsieur Meuble. Après une longue délibération sur place, ils optent pour une armoire avec penderie et le lit deux places en bois beige apparié. Le cousin Jeannot les a accompagnés en camion pour éviter les frais de livraison. Il laisse le chargement dans le garage de la maison Moreau en attendant que Jeanne et Jacques trouvent un logis où mettre tout ça.

Le jour de l'emménagement, son camion est encore mis à contribution mais l'armoire ne passe pas dans le virage de l'escalier. On doit déplier une échelle jusqu'à la fenêtre du deuxième, encorder l'armoire et s'y mettre à trois pour tirer. Quelle aventure, dit Gérard en s'épongeant avec son mouchoir. Une fois remis de ses émotions, il tend à Jeanne un carton où parmi la paille elle trouve la pendulette en cuivre. Maryvonne a pensé que ça ferait plaisir à sa bru. Elle n'a pas pensé que ça la ferait pleurer. Personne ne comprend d'où viennent ces larmes, et Jeanne encore moins. Après tout ce n'est qu'une pendule. Y a pas plus bête qu'une pendule.

— C'est moi qui suis bête.

Pour faire diversion elle embrasse son beau-père à pleines joues.

À la mairie Jacques est monté d'un grade, ça lui fait 150 francs mensuels supplémentaires. Leurs payes additionnées assurent largement le loyer de 800 francs. Ils peuvent mettre un peu de côté chaque mois et bientôt racheter la 2 CV d'un capitaine de gendarmerie qui s'en débarrasse à vil prix avant de partir en retraite aux Sables.

Un mercredi, Jacques la trouve garée devant le jardin du musée où l'équipe replante les massifs toute la semaine. Ça l'étonne doublement : il est tôt pour passer le prendre, et elle ne passe jamais le prendre. Il pleut à verse, elle fait signe de monter. Le moteur est coupé. Les gouttes dégringolent sur le pare-brise. C'est fou ce qu'il tombe ce mois-ci. Elle lui dit que la semaine dernière elle a demandé un test à la pharmacie parce qu'elle avait du retard et le test est positif. Jacques s'embrouille dans le positif et le négatif, qu'est-ce qui veut dire quoi déjà ?

— Positif ça veut dire que c'est oui.

— Oui quoi ?

Il a compris. Il tire la languette du cendrier pour y poser son mégot. Jeanne est sûre que ce n'est pas un oubli de pilule, elle a bien coché le calendrier jour par jour. Le gynéco lui a expliqué qu'il y a souvent des ratés.

— Où est-ce qu'on va le mettre ? On va pas pouvoir pousser les murs.

Elle essuie les gouttes d'un revers de main, mais les gouttes sont de l'autre côté.

— On n'a qu'à lui laisser la chambre et mettre notre lit dans le salon.

Dans la journée on le relèvera contre le mur. Ou alors on le donne à Pascal et Sophie et on achète un canapé-lit, ils sont en promo chez Confo.

Pour le reste on s'organisera.

On pourra compter sur les parents. Maryvonne ne garde plus d'enfants à cause de son arthrose mais garder son petit-fils ce n'est pas un travail, c'est un bonheur. Il est si sage qu'on dirait une image.

Les jours où elle se sent trop fatiguée pour la tâche,

l'autre mamie prend le relais. Ça dépanne bien. La gratitude de Jeanne à l'endroit de sa mère serait totale si elle n'appelait pas son petit-fils Dany, alors que c'est Daniel, comme Balavoine, qu'elle a découvert dans Starmania.

Si d'aventure aucune des mamies n'est disponible, on s'organise autrement.

On s'organise pour se relayer à l'hôpital au plus fort de la méningite du petit. Le soir, on se retrouve au bord du lit où il se rétablit lentement. Quand ce n'est pas l'un qui sort fumer dans le couloir c'est l'autre. On prend à tour de rôle des rendez-vous avec le docteur, qui attendra que Daniel soit complètement guéri pour informer ses parents qu'ils ont bien failli le perdre.

On s'organise pour le déposer au judo, et plus tard au club d'échecs où il montre plus de qualités que dans les activités physiques. Niveau souplesse il a les gènes de son père, persifle la mère. Et niveau caractère de cochon ceux de sa mère, ponctue le père. Même si on n'a jamais vu que les cochons aient mauvais caractère.

Jacques s'organise pour reprendre les leçons de conduite, avec obligation de réussite. Le jour de l'accouchement, il a dû s'en remettre à la Visa de Frédéric qui est passé le prendre en retard et Jacques a raté la naissance de cinq minutes. On ne l'y reprendra plus.

On s'organise pour ne pas poser des jours de congé en même temps, à supposer que les employeurs le permettent. Parfois ils ne le permettent pas et il faut s'organiser autrement.

Les soirs de basket, Valérie, la fille Mercier, vient à

l'appartement garder Daniel. Le sous-sol aménagé en salle de musculation vaut désormais au lieu l'appellation officielle de salle omnisports mais Jeanne persiste à dire gymnase. Avant que le match commence, elle se débrouille toujours pour raconter à leurs voisins de gradins qu'autrefois elle s'est éreintée à faire briller ces bancs, et même il arrivait que l'équipe première s'entraîne en même temps.

Moyennant un billet de 50 et des glaces à la noisette à volonté au freezer, Valérie est encore de service le soir où ils s'offrent une virée à Angers pour leur anniversaire de mariage. Chaque année ils le fêtent en sablant le champagne mais cette fois ce sera carrément le restaurant. Monsieur Duhamel, patron de Jeanne, a recommandé La Table des Ducs où d'emblée Jacques se rend compte qu'il est le seul homme en cravate.

— Pour une fois que j'en mets une.

Le menu n'est pas donné mais ce soir on ne compte pas et les coquilles Saint-Jacques sont exquises. On a bien fait de renoncer au McDonald que Jeanne était curieuse d'essayer.

Après la tartelette cassis pailletée d'un glacis d'orignal, ils s'autoriseraient un cognac s'ils n'étaient pas déjà à la bourre pour le Panorama. Quand ils y arrivent, la séance de Trois hommes et un couffin est complète, ils se rabattent sur un film où Robert Redford est chasseur de bêtes sauvages et séduit une Danoise riche, venue au Kenya pour épouser un baron mais maintenant elle vacille, elle tremblote, elle soupire, elle suffoque d'indécision.

Quand Robert la fait monter dans son biplace, ils survolent des étendues gigantesques que magnifient d'immanquables troupeaux de bêtes de la savane. C'est là-haut dans le ciel que la baronne tombe définitivement amoureuse. Le jour où le chasseur se tue dans un accident rien moins que tragique, la baronne croit mourir de désespoir comme les violons l'indiquent. Au retour, un voyant rouge s'allume juste avant l'entrée de Saint-Georges-des-Gardes. Jacques scrute incrédule le tableau de bord de la Supercinq. Il a pourtant fait le plein avant de partir. À côté Jeanne s'est endormie. Dans les phares passe un sanglier indifférent à leur mésaventure. Finalement ils arrivent à bon port.

On s'organise pour alterner les sorties personnelles. Un coup c'est Jacques qui enterre une vie de garçon, un coup c'est Jeanne qui va dîner chez Guillaume et Nathalie revenue au pays pour passer en libéral.

Avec le temps, comme les amis de l'un sont les amis de l'autre, les sorties personnelles se font rares. Les sorties tout court. Les téléphones sont à touches, les bouteilles de soda en plastique, les mouchoirs en papier, les têtes d'hommes nues, les machines à coudre envolées, le papier peint suranné, les baguettes tradition, les wagons non-fumeurs, les shorts de foot longs, et Jeanne et Jacques préfèrent le plus souvent lambiner pieds nus sur la moquette qu'ils ont choisie épaisse et vert d'eau.

Quand Jacques ne feuillette pas un numéro de L'Auto-Journal piqué à son père, il finalise une maquette. Elles s'accumulent sur les étagères qui selon Jeanne finiront par lâcher sous le poids. Il en offre à quiconque se trouve un jour sur son chemin. Aux copains de la chasse, qui chaque fois exagèrent comiquement leur surprise. À son neveu pour Noël, et pour la nièce ce sera une maison de poupée. Même une fois à une manouche qui avait sonné en bas pour lui vendre un panier. Il n'a pas pris de panier, elle a pris une fusée.

Quand Jeanne n'est pas plongée dans un Télé 7 Jeux, elle écoute des chansons en triant les cartes postales qu'elle collectionne. Si elle veut mettre Véronique Sanson dont les bêlements insupportent Jacques, elle branche le casque sur le radiocassette Toshiba, ou bientôt s'allongera sur le lit, discman posé sur le ventre.

Maintenant qu'il est à son compte comme paysagiste, Jacques peut embarquer Daniel en tournée le mercredi. Parfois il passe aussi embarquer Boule dans la camionnette Renault. La mère prétend que voir du monde lui remonte le moral. Le vieux cocker est déprimé depuis que Gérard est à l'hôpital. En tournée, Jacques le voit qui n'a plus les jambes pour batifoler sur les pelouses, qui ne poursuit plus les papillons, qui ne renifle plus les troncs en quête de l'odeur d'un congénère. La tâche effectuée, le chèque glissé dans la poche de la combinaison, on le retrouve qui dort dans un coin ombragé car même le soleil le peine. Quand on le siffle pour repartir, il se remet sur pattes à contrecœur, comme un vieillard à l'orée d'une nouvelle journée de trop.

Un jour on le siffle et il ne se redresse pas.

Quand Jacques l'apprend à Jeanne, elle a un gros coup de tristesse.

— C'était pourtant pas ton chien.

Trois mois plus tard c'est au tour de Gérard, d'une rechute de son cancer du côlon. Les médecins ont cru pouvoir le sauver mais lui non.

On l'enterre dans son village de naissance, à trente kilomètres de là. Pendant la descente du cercueil, Jeanne détaille les dates des parents et grands-parents en comptant les années vécues. Là-dessous il reste une place pour Maryvonne et ensuite il faudra renouveler la concession.

Quand il passe voir son père, Jacques essuie les crottes de moineaux sur la stèle. La première fois il n'était pas équipé pour, les fois d'après il prévoit un chiffon. Puis il se campe face à la plaque À mon époux et c'est dans cette posture qu'un dimanche de mars il lui vient l'idée d'en avoir un deuxième.

Comme il ne sait trop quoi penser de cette idée venue à son cerveau comme une odeur vient au nez, il la soumet à Jeanne qui en secouant une salade lui rappelle qu'elle a quarante piges dans trois semaines.

Jacques est au courant, il a prévu de l'emmener jusqu'à Nantes voir Richard Cocciante au Palais des Sports. Pour la surprise il lui fera croire à une sortie au cinoche. Il s'assurera la complicité de Nathalie pour peaufiner la ruse. Jeanne ne pourra rien deviner jusqu'au dernier moment. Jacques sera aussi fier de son coup qu'heureux de la voir heureuse.

À chaque anniversaire, Jacques offre à Jeanne un truc

en rapport avec le chanteur qu'il appelle le rital moche. C'est bien pratique, mais c'est aussi chaque année plus difficile de dénicher quelque chose qu'elle n'a pas déjà. Une compilation où figure un titre inédit ou une chute de studio. Une VHS d'un concert unique au Vietnam. Un tee-shirt floqué de la pochette du dernier album en date. Pourquoi pas un jour une mèche de sa tignasse caractéristique. Ce serait comme au manège la queue de Mickey.

Les places sont sur le côté mais on voit bien la scène où le piano rutile dans une douche de lumière. En rappel, la star laisse le public prendre en charge les paroles de son hit et Jeanne n'est pas la dernière à demander à la lune de remplir le ciel tout entier.

Pour ses quarante-trois ans, elle aura deux cadeaux d'un coup. Surprise numéro 1 : l'intégrale des textes du rital moche illustrée de photos, 197 francs mais Jacques a retiré l'étiquette. Surprise numéro 2 : son mari s'est rasé la moustache. Pas plus tard qu'il y a trois jours, Jeanne observait, comme ça mine de rien, que chez Michelin où elle est secrétaire de direction plus un homme ne porte la moustache. On dirait que le message est passé.

Comme Jeanne ne reçoit plus le catalogue La Redoute ni l'agenda offert avec, il n'est nulle part écrit que pour la Saint-Valentin 1997, Jacques a hérité d'un magnifique rasoir en argent qui l'aidera à rester glabre comme on aime.

Dans le même ordre d'idées, elle lui achète un lot de caleçons à l'occasion d'une tournée de shopping avec sa belle-sœur. Elle ne supporte plus les slips.

— Tu les as supportés vingt ans.

— Eh ben c'est fini.

— C'est mon affaire, c'est moi qui les porte.

— Oui mais c'est moi qui les vois.

À sa mère, la même année Jacques ramène un cocker du chenil où il a élagué quelques jours. Ça ne fera pas revenir Gérard mais un peu Boule. C'est saisissant comme il lui ressemble. Même couleur de poil, mêmes yeux de cocker. En revanche on l'appellera Bill pour remettre les choses en ordre.

Jusqu'au bout Maryvonne aura du mal à ne pas s'emmêler dans les noms. Les derniers temps elle l'appellera le chien, ce qui résoudra le problème mais pas son souffle au cœur.

Après qu'un troisième accident cardiaque a été le bon, Jeanne et Jacques récupèrent Bill en même temps que la maison. Quelque part ils ont de la chance dans leur malheur. La mère de Jeanne dit souvent qu'à toute chose malheur est bon, mais elle peut dire le contraire la minute d'après, puis passer à un sujet sans rapport comme les tickets de rationnement d'après-guerre ou Christophe Dechavanne. Pourtant à la maison de retraite elle n'est pas celle qui déraille le plus.

Après maints débats où arguments et objections se sont annulés, on décide de garder le buffet. Tant pis si ce patriarche détonne au milieu de la pièce rafraîchie. On dira que c'est comme un souvenir. On ne peut pas tout bazarder non plus.

La pendulette en cuivre reprend sa place d'origine. C'est toujours sur elle, increvable, que Jacques règle sa montre. Elle nous enterrera tous.

Désormais Daniel possède une chambre réellement isolée. À dix-sept ans il était temps qu'il gagne un peu d'intimité. À l'appartement, ses parents peinaient à ne pas tendre l'oreille quand il ramenait une copine. Daniel le sentait, la copine aussi, tout le monde sentait tout le monde et personne n'aimait ça.

Dormant la semaine en internat à Angers, il profite au moins le week-end de cette sérénité acoustique, néanmoins entachée par les travaux de la cuisine que ses parents se sont mis en tête de prolonger d'une véranda. Avec la ribambelle de copains qui passent filer un coup de main et les grosses bouffes pour les remercier, question calme on a fait mieux.

Pour les branchements on comptera sur Frédéric, qui suite à sa faillite comme plaquiste s'est mis électricien. Installé dans la Sarthe, il prend une semaine de congé pour dormir chez les Moreau. Ainsi il n'y aura pas de retard à l'allumage. Couché tard ou pas, veillé ou pas devant un des DVD d'horreur qu'il a ramenés avec lui, le matin les sept coups de l'indéfectible pendulette le tirent du canapé et il est déjà sur place pour se mettre à l'ouvrage.

À vrai dire ce séjour l'arrange vu l'état de ses relations avec Fabienne qui, confie-t-il un soir en ouvrant une huître, lui a posé un ultimatum sur la bibine. Il arrête avant l'été ou c'est elle qui arrête tout. Qu'est-ce que c'est que ce chantage ? Il a pas treize ans quand même.

— Non justement t'en as cinquante.

Pour sa femme, il a déjà arrêté le shit, et ça a été un calvaire, il s'y est repris à treize fois, quatorze en comptant le voyage dans les Pyrénées. Et maintenant c'est l'alcool, non mais ça va aller jusqu'où ? Elle veut qu'il finisse moine ? T'as de la marge, sourit Jacques en calant un cubi de muscadet au bord de la table. C'est pas drôle, sourit Frédéric en plaçant son verre sous le robinet en plastique.

Quand il repointe le nez ici quatre mois plus tard, ce n'est pas pour profiter de la véranda finie, mais parce que Fabienne a tenu parole. Comme Daniel est en camping à La Bernerie avec ses copains de BTS, on installe le réfugié dans sa chambre où un poster de Kurt Cobain a remplacé celui de Kasparov.

Mais Jeanne pressent que Frédéric ne dit pas tout. Si on virait les hommes juste à cause de l'alcool, ils en seraient tous à coucher dehors. Elle commence à connaître la chanson. Au boulot, il n'est pas rare qu'une copine raconte qu'elle s'en est pris une. En attaquant le reblochon, Frédéric admet qu'il est parfois un peu brutal.

— Brutal comment ?

— Brutal normal.

— C'est pas normal de taper.

— C'est pas toi qui vis avec.

Jeanne regarde Jacques qui ne dit rien.

Le lendemain entre deux coups de peinture, il dit à Frédéric qu'il peut rester à la maison tant que le grand est à la mer, parce qu'un copain reste un copain, mais bon. Mais bon quoi ? dit Frédéric. Mais bon rien, dit Jacques, et c'est la dernière fois qu'ils en parlent.

Le copain réapparaît un jour de printemps avec ses deux garçons, qu'il a le week-end. Ils descendent au Futuroscope pour la journée, ils font juste un coucou en passant, ils ont encore de la route pour y être en début d'après-midi.

Frédéric s'est retrouvé une femme, elle est aide-soignante à l'hôpital de Sablé. Ils vivent chacun de son côté. Toute la journée l'un sur l'autre on finit par se bouffer le nez, ça peut pas tenir.

— Y en a qui tiennent pourtant.

Il propose à Daniel de l'emmener, ses deux grands seront contents de passer une journée avec lui. Un scientifique comme lui, ça va lui plaire. Sauf que Daniel les planètes les étoiles les météores ça lui passe un peu au-dessus. Dans Sciences et Avenir, il saute les articles traitant les dernières découvertes sur l'espace, tout le contraire de son père qui ne lit que ça. Le plus haut qui l'intéresse c'est les immeubles, mais toujours moins que les ponts sa passion. Petit il demandait déjà comment ça tient, et son père pourtant bricoleur ne savait pas lui expliquer. Les piliers en béton, d'accord, mais quant à dire comment ça tient vraiment il donnait sa langue au chat, enfin façon de parler parce qu'il tient à sa langue.

À la sortie de l'école d'ingénieurs, Daniel pensait s'orienter vers l'aménagement du territoire, mais s'est ravisé par pragmatisme. Les gisements d'emploi sont dans l'informatique, récite-t-il un samedi à ceux qu'il appelle ses renps. Jeanne veut bien le croire, dans les bureaux de l'usine on compte maintenant un ordinateur par tête. Daniel encourage son père à en prendre un, il gagnera un temps fou pour sa comptabilité qui le rend chèvre. Jacques ne ferme pas la porte, mais il se passe quoi si ça tombe en panne ? Il se passe quoi si ça déraille le 1er janvier prochain comme certains le prédisent ?

Quand Daniel daigne rester manger avec eux, Jeanne fait un clafoutis aux cerises. L'hôte affirme que c'est le meilleur d'Europe. Il ne le pense pas mais pense sincèrement ce qui lui fait le dire. Il aime d'ailleurs moins le clafoutis que la dispute éternelle qu'il occasionne. Au moment de le servir sa mère sort des assiettes à dessert et son père dit que les assiettes à fromage suffiront. Mais Jeanne aime manger le gâteau dans les assiettes propres et Jacques trouve que c'est ajouter de la vaisselle pour rien, et Jeanne estime qu'il devrait s'en fiche vu qu'il n'a pas fait la vaisselle depuis Mathusalem, et Jacques signale qu'elle non plus puisqu'ils se sont offert un lave-vaisselle en 84, l'année de sa fracture du péroné devant Gym Tonic il s'en souvient, et Jeanne rappelle que les assiettes ne se rangent pas toutes seules dans la machine, et Jacques répond que c'est ce qu'il essaye de lui dire depuis une heure mais c'est peine perdue car sa femme a déjà réparti les parts dans le service à dessert.

Dans le même genre, Jacques ne comprendra jamais qu'elle préfère entamer le pain frais plutôt que de finir le pain d'hier. Et pas la peine de venir nous raconter qu'elle en fera du pain perdu, elle n'en fait jamais. Ce que Jeanne peut éventuellement reconnaître, mais pour aussitôt observer qu'à ce compte-là ils ne mangeront jamais de pain frais. Si on mange le pain du jour le lendemain du jour, on mange toujours du pain d'hier. Ce à quoi Jacques objecte que ben voyons.

Jeanne et Jacques ont comme ça des débats.

Jeanne peut demander mille fois à Jacques de laisser la télécommande sur la table basse à côté du Télé Poche, rien à faire il la sème n'importe où, même une fois sur la pile de magazines des WC, tant et si bien qu'elle doit la chercher trois heures pour baisser le son qu'elle trouve toujours trop fort alors que Jacques jamais assez, et si Jeanne en déduit qu'il devient sourd il fait mine de ne pas entendre.

Jeanne ne tolère un volume élevé que pour les émissions où des artistes d'aujourd'hui reprennent d'anciens tubes, spectacle qui importe à Jacques autant que l'âge de la reine de Suède. Jeanne ce qui la laisse froide c'est les imitations de Laurent Gerra le matin sur RTL. Alors que les Guignols ne le font pas rire et Jeanne si, comme quoi chacun ses goûts.

Quand il voit Jeanne le nez dans une grille de mots fléchés, Jacques lui suggère d'allumer au moins la petite lampe sur la console, mais non cette bourrique préfère se bousiller les yeux dans le noir, sous prétexte d'économiser l'électricité dont Jacques rappelle qu'elle est presque gratuite et Jeanne que rien n'est gratuit.

— Et puis d'abord c'est mes yeux.

— Oui mais moi ça m'énerve.

Jacques énerve Jeanne à mettre des cornichons avec tout, à manger la peau du saucisson sec, à remettre un tee-shirt sale, à pas couvrir son crâne d'œuf à la plage, à laisser un rhume traîner plutôt que de prendre des antibiotiques, à dire un espèce de, à dire il mouille plutôt qu'il pleut, à dire car pour bus, à se moucher dans du Sopalin, à se tenir les mains sur les hanches que ça fait ressortir sa bedaine, à lancer les grillades de barbecue trop tôt, à laisser Bill entrer dans la salle d'eau, à piétiner dans la cuisine alors qu'il n'a rien à y faire puisque monsieur n'en fout pas une.

Jeanne énerve Jacques à répéter qu'il n'en fout pas une alors que dès qu'il aide elle l'engueule, à nager la tête hors de l'eau pour garder les cheveux secs, à sortir l'aspirateur pour une miette, à prendre un médicament pour tout, à poser son bol de chicorée à même la table basse, à donner les réponses à l'adversaire au Trivial, à oublier les règles du rugby à mesure qu'il les lui explique, à emmener Bill au véto tous les quatre matins, à boucler sa ceinture de sécurité une fois la Mégane déjà lancée, à laisser les clés sur le tableau de bord, à ne fumer que la moitié de sa cigarette, à se couvrir de citronnelle contre les moustiques.

— Toi tu t'en fous les moustiques sont tous sur moi.

— Dans le camping-car l'odeur elle est pas que sur toi.

Mais que devrait-elle dire, elle qui supporte ses ronflements depuis vingt-huit ans ? Jacques a tout essayé, sauf un traitement pour les sinus que Jeanne lui recommandait sur le conseil d'une collègue également touchée par ce fléau. Quand ça devient infernal, et que même lui pincer le nez ne change rien, elle se réfugie dans la chambre de Daniel. À force elle finit par y passer toutes les nuits. Elle dort mieux là, à condition de décrocher l'affiche du Silence des agneaux qui réveille le malaise qu'elle avait ressenti devant au Lux. Quand Daniel reste dormir, elle rescotche l'affiche, change les draps, remet l'oreiller plat, et retrouve le lit conjugal pour une nuit. Jacques se serre sur le côté pour qu'elle soit à l'aise.

Le lendemain au déjeuner elle servira un clafoutis dans les assiettes à dessert. Ce sera comme ça et pas autrement. Pour la faire changer d'avis il faut se lever de bonne heure. Ce n'est qu'après deux ans de déni qu'elle se résout à prendre un rendez-vous chez l'ophtalmo, et après deux autres à égarer ses lunettes partout qu'elle consent à se les accrocher au cou. Tout ça parce que madame trouve que les lunettes à chaîne ça fait vieille. Alors que ça fait juste son âge.

— T'es vraiment un gros con.

— Il est grand temps que tu t'en rendes compte.

L'hypermétropie est tombée sur elle la première, mais la sciatique ce sera pour lui. Quand la douleur à la jambe l'empêchera de poser le pied, Jeanne montera la télé pour lui passer le temps pendant sa semaine clouée. Quand l'alité en aura marre de cette lumière cathodique, elle lui lira des articles sur un programme Neptune de la Nasa, sur le fondateur dingo de SpaceX, sur les talibans, sur le massacre de la Saint-Barthélemy car il aime bien cette période. Tout ce qui lui tombe sous la main.

Un jour dont la date s'est perdue, Jeanne est dans sa cuisine lorsqu'elle voit une inconnue en tailleur pousser le portail en fer forgé et s'engager dans la sente dallée. La voyant approcher, Jeanne s'apprête à refouler cordialement ce qu'elle imagine être une Témoin de Jéhovah ou quelque chose dans le genre. Par la fenêtre ouverte, la visiteuse demande à lui parler. Jeanne lui fait signe de contourner par la gauche et s'essuie à son torchon pour lui serrer la main. Elle la fait asseoir à la table où trois Golden pelées s'alignent sur une page du Courrier de l'Ouest. Elle demande un verre d'eau, la voiture lui a donné chaud. La voiture et la nervosité, pense Jeanne voyant le verre trembler entre ses doigts.

Jeanne se sert aussi un verre dont la première gorgée lui reste en travers de la gorge. Celle qui s'est présentée comme Nicole a fini par trouver les mots pour dire qu'elle a eu une liaison avec Jacques, un hiver, il y a cinq ans. Du moins une bonne partie de l'hiver. Et un peu le printemps aussi.

Soudain Jeanne se sent toute vieille, avec son tablier et ses racines blanches, face à cette femme de dix ans de moins que sa mise rajeunit encore.

La liaison a pris fin quand Nicole est tombée enceinte sans savoir de qui était l'enfant.

— Je suis mariée.

— Moi aussi.

— Je voulais dire que j'ai des rapports avec mon mari.

— Moi pas.

La pointe du couteau de Jeanne attaque une autre pomme. Encore quatre et on aura le compte. Elle trouve que l'autre ne s'emmerde pas de venir lui déballer tout ça dans sa cuisine. Elle le dit. Nicole est désolée. Nicole est désolée mais il fallait qu'elle déballe, ça fait des années que cette histoire lui fait une boule dans le ventre. Elle n'est pas fière du tout. Elle n'aimerait pas qu'on lui fasse pareil.

— Moi non plus j'aimerais pas.

Jeanne visualise que la boule a jailli des entrailles de Nicole pour pénétrer dans les siennes. Tout le poids est passé sur elle.

Bill se hisse sur une chaise pour flairer la matière organique étalée sur la toile cirée. Jeanne l'éjecte d'un geste excessivement sec. Le cocker s'en retourne bouder dans son panier rembourré d'un vieux tapis de douche. L'espace d'une minute son manège a allégé le silence qui à nouveau sature la cuisine.

Jeanne se lève prendre un couteau qu'elle tend à Nicole soulagée de pouvoir occuper ses doigts. Elle raconte que son mari et elle avaient engagé Jacques pour planter des fleurs grimpantes au pied de leur tonnelle. Un jour il s'est coupé au niveau de la paume, ça saignait pas mal, elle l'a guidé vers l'armoire à pharmacie et c'est parti comme ça.

— Il se coupe jamais.

— Là si.

— Bon ça suffit comme ça.

Inutile en effet de peler plus de pommes. Avec les années, elle qui prépare toujours deux fois trop apprend à mieux doser. Mieux vaut ça que le crève-cœur de jeter les restes. Nicole est un peu pareille, même si elle n'est pas très bonne cuisinière à la base.

— À la base moi non plus mais il a bien fallu.

Elle tend un morceau à Bill qui rancunier l'ignore. Nicole rabat la feuille de journal sur les pelures. En jetant le tout à la poubelle, elle dit que Jacques n'était pas très fier non plus. Une des dernières fois où ils se sont vus, il lui a dit que la femme de sa vie c'était elle et personne d'autre.

— C'était qui ?

— C'était vous.

En la raccompagnant à la BM, Jeanne demande où elle a avorté. Nicole indique la clinique Saint-Jean, un ami de son mari y est chirurgien.

— Il paraît qu'ils sont bien là-bas.

Nicole acquiesce d'un mouvement de tête énergique. Ils sont très réconfortants avant l'opération, et après ils proposent un accompagnement psychologique. On n'est pas complètement seule avec sa peine.

Jeanne retire un gravier qui racle sous le portail.

En fin de journée, l'odeur de tarte chatouille les narines de Jacques dès l'entrée. Il dit ça sent bon par ici. Mais Jeanne n'est pas à la cuisine. Elle n'est pas masquée par la grande porte du frigo américain fermé. Elle n'est pas au salon. À l'étage elle n'est ni dans une chambre, ni dans l'autre, ni dans la salle de bains, pas même tombée dans la douche ou partie promener Bill qui bâille sur le tapis. Jacques cherche un mot laissé sur un coin de table comme elle fait quand elle s'absente. Il n'y a pas de mot, et d'ailleurs ses clés de voiture sont sur le chiffonnier. Et son sac à main. Et ses lunettes, posées sur son polar du moment. Elle ne peut être que dans le jardin de derrière. Elle y est, à détacher son linge. Elle lui fait tenir le bac pour aller plus vite. Ils glissent au même rythme de part et d'autre de la corde. Elle demande s'il a pris du pain, ça sera utile pour saucer la blanquette qu'elle a décongelée. Il a pris une baguette céréales sans être certain de son choix, il s'y perd avec toutes ces sortes de baguettes, avant c'était quand même plus simple. Jeanne se réjouit au contraire de cette variété, comme ça on peut affiner en fonction de ce qu'on mange.

— Et sinon j'ai fait une tarte.

— T'es la meilleure.

Le dimanche suivant, Daniel annonce que son connard de chef de projet a eu la première bonne idée de sa carrière. Cet hiver il l'envoie deux semaines à New York pour un stage dans la maison mère. Jeanne compose un sifflement de révérence. New York, rien que ça.

— T'as qu'à nous emmener.

— Tu serais bien embêté s'il nous emmenait.

Elle parie qu'il aurait comme un vertige à l'envers au

milieu des gratte-ciel. Sans compter son anglais limité à quatre mots et demi.

— Toi t'es pas mieux.

— Moi je regarde les films en VO contrairement à monsieur.

Les deux hommes prennent le café devant les derniers tours du grand prix de Monza. Jeanne est montée faire une petite sieste d'une heure soixante. Dans pareille posture, elle ressert invariablement cette blague de Coluche que Jacques feint invariablement de ne pas comprendre en suggérant de dire deux heures.

Le drapeau à damier s'agite devant Raïkkönen suivi de près par Montoya et de loin par Alonso.

À l'heure de Stade 2 Daniel est reparti, Jeanne l'a remplacé dans le fauteuil en cuir beige. Pendant le résumé de France-Galles, elle raconte qu'au temps où elle travaillait encore chez l'assureur, il s'est passé des choses avec lui.

— Avec qui lui ?

— Avec l'assureur. Duhamel.

Jacques appuie sur le bouton mute de la télécommande et la fait répéter. Elle répète. Ils couchaient ensemble comme ça de temps en temps, quand ça les prenait. Il habitait au-dessus de l'agence, c'était pratique. Jacques engueule Bill de lui secouer ses puces sous le nez.

— Ça s'est terminé quand je suis entrée chez Michelin.

— T'aurais continué si t'y étais pas entrée ?

— On peut pas savoir.

— T'aurais continué ou pas ?

— On peut pas savoir.

Déjà qu'on n'en sait pas beaucoup sur ce qui se passe, comment veux-tu en savoir sur ce qui se passe pas.

Jacques s'y reprend à trois fois pour remettre le son. Bill rapplique dans ses pattes pour se faire consoler, la queue basse. Jacques se lève changer la pile de la télécommande.

— Tu dis rien ?

— Qu'est-ce que tu veux que je dise ?

— Moi à ta place je m'engueulerais.

— Je m'engueulerais moi ?

— Tu m'engueulerais moi.

Souvent Jacques énerve Jeanne à ne rien dire alors qu'il n'en pense pas moins. Et Jeanne énerve Jacques à lui demander à quoi il pense. Est-ce qu'on sait à quoi on pense ? À cet instant Jeanne ne perçoit pas que Jacques est moins en colère que soulagé, mais Jacques ne perçoit pas non plus son soulagement, fondu dans la satisfaction procurée par une pile neuve. Désormais ils sont à égalité.

Le soir en enfilant son bas de pyjama, il lui apparaît qu'ils sont à égalité dans les actes mais pas dans les mots. Sur le plan de la sincérité, Jacques est à la traîne de sa femme. Un petit point dans son ventre n'aime pas ça. Il passe dans la chambre d'à côté et s'assoit sur le lit de Daniel où Jeanne veille encore, elle qui chaque soir s'endort au bout de trois pages. Ils s'expliquent cette fébrilité par la pleine lune, or la lune n'est pas complètement pleine et Jacques dit : moi aussi j'ai fait des conneries.

Jeanne prend un air surpris. Jacques trouve qu'elle n'a pas l'air surpris.

— C'était qui ?

— Je sais même plus, c'est loin.

Cinq ans c'est loin ? ne demande pas Jeanne.

— Et pourquoi ça s'est fini ?

— Parce que ça a jamais commencé.

Jeanne n'est pas sûre de comprendre et Jacques non plus. Elle allume une Dunhill qu'ils fumeront à deux, cherchant leurs doigts pour se la passer dans le noir. La nuit bleu nuit s'encadre dans le velux. Jacques compte les étoiles jusqu'à s'endormir près de Jeanne.

Le lendemain ils prennent une décision en forme de défi. Ils vont enfin activer le BlackBerry que Daniel leur a offert il y a bien six mois, estimant que l'heure est venue qu'ils délaissent leur Nokia préhistorique. Cette fois ils n'ajourneront plus, et l'appareil est résolument extrait de son cocon en polystyrène. Après une mise en route laborieuse et conflictuelle, Jacques descend sur la route appeler le téléphone de la maison qui fait aboyer Bill.

— Bonjour qui est à l'appareil ?

— C'est monsieur Moreau.

— Ça tombe bien, moi c'est madame Moreau.

Puis c'est au tour de Jeanne, qui doit réitérer l'appel trois fois avant que les gros doigts de Jacques trouvent leurs marques sur les touches minuscules.

— Bonjour qui est à l'appareil ?

— C'est madame Moreau.

— Ça tombe bien, moi c'est monsieur Moreau.
— On pourrait habiter ensemble.
— On n'aurait pas besoin de s'appeler.

Une fois le BlackBerry précocement tombé en obsolescence, Daniel dépose sous un sapin ultérieur un smartphone auquel ils s'adaptent beaucoup plus vite, jusqu'à en réclamer un second à leur fournisseur zélé.

Désormais chacun a le sien et c'est bien commode. Si Jeanne est retenue par une réunion du comité d'entreprise ou un caprice du directeur des ventes, elle prévient Jacques. Si Jacques assiste à une conférence supplémentaire au Salon de la SF du Mans, il prévient Jeanne.

Un matin, elle essaye de le joindre pour qu'il lui redonne son numéro Siret dont elle a besoin pour une paperasse liée au décès de sa mère. Jacques ne répond ni au premier appel ni à aucun des messages laissés l'heure suivante. Jeanne se passe une chanson pour évacuer de son cerveau l'image de son mari tombé d'un peuplier, ou encastré dans la tôle de l'utilitaire enfoncé par un 35 tonnes au croisement de la nationale. Les images ne partent pas et la panique la jette dans la 206, qui au premier tournant croise l'utilitaire. Ils convergent devant le portail où Jacques explique que son téléphone est tombé dans la piscine d'un client de Saint-Macaire. Et comme Jeanne lui fait payer sa peur en lui passant un savon, il la rassure : leur ingénieur de fils va vite remplacer l'appareil.

Jeanne ne touche presque pas au PC de la maison, les journées de boulot rivées à l'écran lui suffisent. Pour suivre les échanges de mails liés au CE, elle a son téléphone, et pour la musique on ne fera jamais mieux que les CD, qu'elle continue à amasser en furetant dans les magasins d'occasion.

Si elle le touche c'est pour l'éteindre, ce que Jacques refuse de faire après usage.

— Et après on s'étonne que le climat se réchauffe.

— C'est pas mon ordi qui réchauffe le climat.

Jacques est capable de consacrer la moitié de ses nuits à se balader sur le site Galaxium, comme il peut se passer dix fois une vidéo pédagogique sur les étoiles mortes. Que des étoiles puissent mourir, qu'elles continuent à briller une fois mortes, ça ne cessera de le perturber que lorsqu'il se fichera de tout. Connaître la cause rationnelle du phénomène n'y change rien. C'est comme l'organisation millimétrée des abeilles de son neveu qui a pris trois ruches l'an dernier. Il y a des choses comme ça plus on en sait plus c'est mystérieux.

Jacques a transformé en atelier le garage attenant au salon. Il y monte et remonte, peint et repeint ses fusées qui s'accumulent, ce qui a le don d'exaspérer Jeanne que ces réalisations ravissent.

— Ça t'exaspère ou ça te ravit faut savoir.

— Les deux. C'est beau et encombrant.

— Comme moi, quoi.

— Comme toi oui.

Parmi les voyages possibles seul celui vers Mars le tenterait. Toute autre destination lui paraît superflue, et c'est par politesse qu'il accomplit les quinze jours au Congo offerts par les copains pour leurs trente-cinq ans de mariage. Jeanne l'incite à profiter du repos, les clubs de vacances ça sert à ça, mais ce n'est pas à soixante-quatre ans qu'il va apprendre à se reposer. Dans un transat de piscine, il est un poisson sur un banc de sable et en deux jours il a déjà avalé les douze numéros de Ciel & espace qui ont fait le voyage.

Il ne revit qu'avec les activités du soir. La petite communauté villageoise le voit très motivé lors de sa prestation aux Mariés du Club, jeu inspiré de l'émission Les Z'amours, où chaque époux est interrogé sur sa connaissance de l'autre. Quel est son animal préféré à lui ? Le chevreuil, mais dans une assiette. Quel est son loisir préféré à elle ? M'emmerder. Qu'est-ce qu'elle déteste par-dessus tout ? Le rap. Qu'est-ce qu'il déteste par-dessus tout ? Le ski. Il a essayé une fois mais pas deux. Qu'est-ce qu'elle changerait chez lui ? Sa sœur. Qu'est-ce qu'il changerait chez elle ? Sa mayonnaise.

— Elle refuse de la faire au mixeur cette bourrique.

Qu'est-ce qu'il emporterait sur une île déserte ? Sa femme, pour la lessive. Qu'est-ce qu'elle n'oubliera jamais d'emmener en vacances ? Son mari, pour le noyer.

Ils feraient carton plein si Jacques ne séchait sur le talon d'Achille de Jeanne. Il s'excuse mais il ne connaît pas d'Achille.

Lors d'une excursion, ils voient des animaux d'Afrique. Des zèbres à rayures, des girafes à long cou. En témoignent les images de la miniDV de Jacques, la même qu'il oriente vers Élodie, fiancée de son fils, à son arrivée à l'église, un jour printanier de mai. Jeanne qui sans se l'avouer trouve sa belle-fille quelconque la trouve irrésistible dans sa robe en dentelle cordonnet. Plus tôt, sur le même parvis, Jacques a salué monsieur Duhamel, l'ex-patron de Jeanne désormais retraité des assurances. Il a été au bord de lui demander des détails sur leur relation, mais a remis ça à un autre jour qui ne viendra pas. Maintenant le vidéaste amateur cadre serré la mère de la mariée, coiffée d'un bibi mauve sans rapport direct avec son métier de professeur de mathématiques. À leur première rencontre chez elle à Châteaubriant, Jacques l'a lancée sur le principe d'incertitude d'Heisenberg mais elle l'a arrêté tout de suite, sa spécialité est moins la physique quantique que le pâté de poisson dont elle les a régalés ce jour-là. Élodie, entièrement occupée à fluidifier la conversation, n'a pas touché à sa part. Daniel l'a connue pendant un séminaire d'Editweb où elle était rémunérée pour faire tourner le micro dans l'amphithéâtre. Depuis ils ne se sont plus quittés sauf le temps d'un break de huit semaines consécutives à la découverte de sextos adressés à une certaine Léa que Daniel n'a plus jamais revue sauf une fois. Jeanne demande à Jacques d'arrêter de filmer pendant le discours du prêtre. De mauvaise grâce Jacques suspend les opérations de filmage et s'efforce de suivre. L'amour prend patience, l'amour rend service, l'amour ne jalouse pas. Il ne s'emporte pas. Il n'entretient pas de rancune. Il ne se réjouit pas de ce qui est injuste, mais il trouve sa joie dans ce qui est vrai. Il supporte tout, il fait confiance en tout, il espère tout, il endure tout, l'amour ne passera jamais. Au deuxième rang un bébé pleure que sa mère, demi-sœur d'Élodie, berce en vain. Comme son autre enfant est autiste personne ne lui tient rigueur de ce dérangement. Jacques rappuie sur play et dézoome afin d'avoir les deux mariés et le curé dans le même plan. Moi Daniel, je te reçois Élodie comme épouse, je te promets de te rester fidèle, dans le bonheur et dans les épreuves, dans la santé dans la maladie pour t'aimer tous les jours de ma vie. Moi Élodie, je te reçois Daniel comme époux, je te promets de te rester fidèle, dans le bonheur et dans les épreuves, dans la santé dans la maladie pour t'aimer tous les jours de ma vie.

Au prétexte d'une fête du Cercle des chasseurs qu'on lui a demandé d'immortaliser, Jacques s'offre une caméra de marque Sony plus sophistiquée. À compter de ce jour, plus rien n'échappe à son œil numérique. Il filme Jeanne furetant dans le dictionnaire, il filme un couchant écarlate à travers une haie de bocage, il filme sa petite-fille dansant avec Bill, il filme Bill admiratif de Sarkozy dans la télé, Bill hurlant en loup sur une compilation de Michel Berger, Bill défiant à la course un char à voile sur la plage de Saint-Jean-de-Monts. Il filme un rang d'éoliennes depuis la 306. Il filme Jeanne qui dort. Il filmerait bien les étoiles mais l'effet télescope ne rend rien.

Au moins ça l'occupe, dit Jeanne à ses compagnes de gym aquatique. Sinon il tourne en rond dans la maison et devine qui doit supporter ses humeurs ?

Jacques se serait bien vu travailler encore quinze ans mais le médecin a dit qu'à force de se mettre dans des positions impossibles sa hernie allait se dégrader en paralysie. Dans le cabinet Jeanne s'est tournée triomphante vers Jacques avec un air de qu'est-ce que je te disais ? Sur la santé Jacques est aussi obtus que son père qui des mois a refusé de soigner son cancer, et regarde où il est maintenant.

— Cancer ou pas il y serait tout pareil.

Assigné à résidence, Jacques se lance dans le jardinage, chose qu'il s'était toujours interdite, arguant qu'avec le boulot il avait largement sa dose.

Désormais, s'il n'est pas à colorer la maquette d'une navette de modèle chinois, c'est qu'il est au jardin à choyer ses légumes. Au fil du temps et des tutoriels, il prend confiance, tente de nouvelles espèces, expérimente des semences non standards. La tomate surtout le passionne. Il n'imaginait pas qu'il y en ait tant de variétés. Tomates vertes, tomates jaunes, tomates noires de Crimée, tomates mauves de Nazareth, toutes les couleurs de la terre atterrissent sur le plan de travail de Jeanne qui ne fournit plus. Comment veut-il qu'ils mangent tout ça à deux ?

— Avec la bouche.

Ce n'est pas comme s'ils avaient du monde à table tous les jours. Le plus souvent la maison est confite dans un silence que seuls percent le tic-tac et les gémissements de Bill dans son sommeil.

Ce n'est pourtant pas l'oisiveté qui menace Jeanne, entre le métier de grand-mère, les marches rapides avec les anciens de Michelin, les permanences à Emmaüs, le club de jeux de lettres auquel elle a tardé à s'inscrire, rétive à passer ses samedis avec des vieux. On y joue au mot le plus long, aux anagrammes, aussi au Scrabble où elle survole les débats. Parfois elle sort des mots d'on ne sait où, des verbes avec des q et des y. T'aurais pu être écrivain, lui dit un jour Aline.

— Peut-être mais pour raconter quoi ?

Et elle se replonge dans son jeu, concentrée comme jamais. Plus rien n'existe autour d'elle tant qu'elle n'a pas trouvé l'agencement de lettres optimal. Elle en tomberait de sa chaise qu'elle ne s'en rendrait pas compte. Le jour où elle tombe de sa chaise, elle ne s'en rend compte qu'une fois le cul par terre, comme expulsée de sa bulle par le choc. Les concurrentes en rigolent, décidément elle prend le jeu très à cœur. Jeanne ne se relève pas tout de suite. Ne se relève pas du tout. On commence à la prendre par-dessous les bras, mais elle demande qu'on la laisse comme ça sur le carrelage quelques secondes. On lui remet ses lunettes retenues par la chaîne. Elle demande qu'on vérifie la chaise. Ça doit être la chaise. On la retourne pour scruter les soudures des pieds, on jauge l'assise en plastique, rien ne branle. Marie-Christine, qui pèse son poids et ne s'en cache pas, fait le test de s'asseoir dessus pour tester. Ça tient. Jeanne ramasse un jeton T tombé en même temps, puis se ramasse elle-même, soutenue par l'agent de propreté que cet agrégat de joueuses autour d'une seule a intrigué. Elle remet le T à sa place. Elle se souvient que juste avant elle voulait former le mot clémence sur le plateau, avec le C en lettre compte triple, mais qu'il lui manquait une case.

Absorbée par la partie, elle a dû oublier de boire, le malaise vient de là. Ou alors c'est de s'être levée tôt ce matin pour emmener sa petite-fille à la danse. Ou alors elle est en hypoglycémie. On la force à croquer dans un bout de tarte au citron. La tarte est délicieuse puisque faite par Marie-Jo. Jeanne lui a mille fois demandé la recette mais la pâtisserie c'est d'abord de l'intuition, or Jeanne n'en a aucune dans ce domaine, c'est comme ça, il faut accepter ses limites.

Elle n'aura pas à conduire pour rentrer, c'est déjà ça. Félicie l'a emmenée au club et maintenant la dépose. À Jacques penché sur ses plants, la conductrice recommande de ne pas trop embêter son épouse ce soir car elle a eu un petit coup de fatigue.

— M'étonne pas, elle en fait trop.

Jeanne hausse les épaules. Il voudrait quoi ? Qu'elle reste là à regarder pousser ses tomates ?

Félicie s'amuse du numéro qui recommence. Elle connaît les duettistes par cœur. Quant à elle, elle ne s'est jamais mariée, ni installée avec un homme. De compagnie on ne lui connaît que le perroquet que Daniel son filleul lui a ramené d'un séjour professionnel en Guyane. Il répète les bonjour, les merci, et pour une raison de lui seul connue, les départements de la région Aquitaine.

Après la fausse couche d'Élodie, c'est sa marraine que Daniel a appelée en premier. Elle lui a promis qu'un troisième enfant leur naîtrait dans l'année, et c'est arrivé, et c'était un garçon comme elle l'avait prédit, et il s'appellera Martin, et Daniel appelle sa marraine la fée.

C'est aussi à elle en priorité qu'il confie qu'ils se préparent à une grande transhumance. La boîte lui propose la direction de la succursale coréenne, ça ne se refuse pas. Mis au courant à son tour, Jacques pose le smartphone pour taper Corée dans la barre Google, puis zoome sur la carte. Il ne voyait pas du tout la Corée de ce côté par rapport à la Chine. C'est carrément à l'autre bout en fait. On risque de ne plus voir beaucoup les petits-enfants. On les aime tellement, même s'ils bouffent des saloperies et regardent des dessins animés qui cassent les oreilles. Daniel assure à son père qu'ils reviendront à toutes les vacances, mais est-ce qu'ils en auront des vacances ? On les connaît les Asiatiques, ils travaillent toute l'année comme des fourmis.

— Oui papa. Et ils mangent des chats aussi.

Daniel souligne en outre qu'il demeurera un salarié français, soumis au droit du travail français, avec six mois de vacances par an, le droit de grève illimité, et la concurrence internationale qui nous met la pâtée.

Jacques se décolle de son coussin orthopédique pour passer le téléphone à Jeanne. Avec son bagout elle saura dissuader son fils de faire cette connerie. Elle est à la cuisine, d'où elle lui a demandé de mettre le haut-parleur pour suivre la conversation en écossant. Le saladier de petits pois y est mais Jeanne n'y est plus. Elle est allongée sur le carrelage grenat, tête côté lave-vaisselle, pieds au niveau de la huche à pain, bouche bée, yeux ouverts. Jacques demande ce qu'il y a, Jeanne dit je sais pas.

— Comment ça je sais pas ? Tu sais bien ce qui t'est arrivé.

— Aide-moi au lieu de m'engueuler.

Il la relève sur la chaise. Elle se remet machinalement à écosser. Jacques reprend le téléphone pour dire à son fils qu'il rappellera plus tard. Pour l'instant il y a un petit souci.

Au CHU d'Angers, la jeune femme arabe de l'accueil a un battement de cils quand Jeanne égrène ses nom et prénom. Pour la centième fois elle précise que c'est l'autre qui a tenu à être son homonyme. Parfois ça ne fait pas rire mais là si.

Aux époux Moreau debout côte à côte face aux clichés du scanner, le docteur Omar explique que la petite boule là est une petite tumeur. Si on ne l'opère pas tout de suite, elle deviendra moins petite.

— Ça veut dire que pour l'instant c'est pas grave ?

— Ça veut dire que pour l'instant c'est moins grave que ça pourrait le devenir.

Au retour, Jacques conduit d'une main car l'autre est posée sur la cuisse de Jeanne. Ils en profitent pour s'arrêter au Leclerc, le lendemain est un 1er mai, ils ne pourront pas se ravitailler. Comme d'habitude ils trouvent une place près de la sortie 3. Comme d'habitude ils se séparent juste après l'entrée, Jeanne poussant le caddy vers les produits frais, Jacques filant tout droit vers le rayon jardinage. Ils se retrouvent au fromager où après concertation ils se laissent tenter par la fourme en promotion. Solange et Gaby prétendent qu'elle n'est pas fabriquée en France, mais qu'est-ce qui est fabriqué en France maintenant ?

À la caisse, Jacques se poste en bout de tapis pour réceptionner les packs d'eau minérale cependant que Jeanne glisse les produits moins lourds dans un cabas. Puis Jacques insère la carte bleue dont Jeanne range le ticket dans son sac à main.

Pour les six kilomètres qui restent elle demande à conduire. Jacques trouve que ce n'est pas raisonnable mais n'a pas le cœur à l'empêcher. Elle émettrait le souhait de finir la route sur le toit de la Nissan qu'il la laisserait faire.

Au rond-point de Saint-Martin, elle dit qu'elle préfère qu'on n'en parle pas à Daniel. On ne va pas l'inquiéter pour rien. Pour les premiers mois en Corée il a déjà beaucoup à s'occuper.

L'opération est fixée début juin, le lendemain de la fête des Mères remarque Jacques. Jeanne aurait préféré l'hiver, que ça ne tombe pas sur les beaux jours, mais le docteur Ramo, neurochirurgien à l'hôpital Nord de Nantes, a dit que différer de six mois n'était pas une option. Jeanne n'a pas insisté. Après tout c'est elle qui est la plus pressée d'en finir. Tomber dans les pommes n'importe quand n'importe où c'est pas une vie.

Pendant qu'elle est au bloc, Jacques s'absente faire une course au Jardiland d'Atlantis. Puis se pose à la cafétéria de l'hôpital manger un croque-monsieur mais sans frites pour limiter le sel. Comme il s'y trouve bien il y reste, buvant des cafés crème en lisant les magazines à disposition. Il finit un reportage du Point sur l'État islamique en Syrie quand un infirmier vient l'informer d'un petit contretemps. Son épouse a un petit retard de réveil. C'est une petite complication de la petite tumeur.

Jacques prend une chambre dans un Formule 1 accolé à une salle de fitness au bord de la desserte de l'hôpital. De la fenêtre où le tient son insomnie, il voit trois personnes noires piétiner sur le parking. Il craint pour sa voiture puis comprend qu'ils sont descendus fumer dans l'air doux. S'il n'avait pas arrêté l'an dernier, il se joindrait à eux. Ou bien il n'oserait pas se joindre.

Le lendemain il paye un supplément pour dormir dans la chambre de Jeanne. C'est la 34, tout de suite à gauche après l'ascenseur du troisième. Au début on se trompe mais on s'habitue vite, c'est comme tout. On acquiert des automatismes. Bientôt on est à l'hôpital comme chez soi. On reconnaît des infirmières, des employés divers. On lie sympathie avec une patiente qui en est à sa quatrième chimio et par coïncidence a vécu trois ans à Saint-François.

Jacques ne fait le chemin jusqu'à la maison que pour arroser ses tomates. Il n'a pas plu depuis un mois, s'il ne le fait pas elles mourront.

Il en profite pour remplir un sac d'affaires de Jeanne. La première fois surtout des vêtements. La deuxième surtout des livres qu'elle n'ouvrira jamais.

Au chevet, il manipule son iPad d'une main car l'autre tient celle de la malade dormante. Quand elle ouvre les yeux, il lui sourit pour la faire sourire et ça marche. Rien qu'à voir sa tête elle sourit. Il faut dire qu'il a une drôle de tête, à force de vivre là. Et sur son crâne chauve sont apparues des plaques roses.

Les premiers temps elle ouvre les yeux comme ça une fois par heure, puis moins fréquemment, puis plus du tout.

À l'invitation de l'infirmière Isabelle, Jacques continue de lui parler. Il raconte sa balade sur les berges de la Loire, il a revu l'éléphant géant, c'est pas mal mais y a pas de quoi en faire un fromage. En faire une montagne, rectifie un technicien venu remplacer la pomme de douche défectueuse. De quoi je me mêle ? pense Jacques. Mais il le garde pour lui. Dans l'ensemble de l'existence il ne voit plus aucune raison valable de s'énerver.

Il lui relit la carte collective des copines auxquelles il lui tarde que les médecins autorisent les visites. Il formule des définitions de mots fléchés, de mots croisés, de mots en trop, de mots en vrac. Il raconte que Nelly et Jean-Yves, auxquels il a laissé Bill, trouvent que le pauvre a l'air bien malheureux sans elle.

Atterri le 5 juillet en fin de nuit, Daniel rallie en RER la gare TGV de Massy, et de là file vers l'Ouest. Il a pris l'avion avec son aînée, les deux petits sont restés à Séoul avec Élodie. On n'est pas obligé de leur infliger ça.

La fillette reconnaît à peine sa grand-mère. Avant, elle était moins maigre dit-elle et son père fait chut.

— Donne-lui un bisou, plutôt.

La petite surmonte son dégoût. Au contact des lèvres l'endormie reste de marbre mais nul ne peut certifier qu'elle ne sent rien, répète Isabelle passée vérifier les constantes. Peut-être qu'elle sent tout.

Sur la table de chevet, Jacques a installé le discman et un lot de ses CD préférés. Il lui cale un écouteur dans l'oreille. Il est délicat comme qui ne voudrait pas la réveiller alors que c'est le contraire. Au bout de quelques mesures sans ouvrir les yeux Jeanne articule un mot italien. Le son ne sort pas mais le mot y est, c'est l'unique mot du refrain, Jacques l'a tellement entendue celle-là. Il se précipite dans la salle de repos du personnel. Elle a bougé, elle a bougé, exulte-t-il. De retour dans la chambre flanqué d'Isabelle, Jeanne ne bouge plus, ni son cœur.

Au funérarium, Élodie, arrivée le matin même, a branché un amplificateur pour ceux qui souhaiteraient lui dire un dernier au revoir. Daniel commence en lisant un texte de saint Paul que sa mère, explique-t-il, avait beaucoup apprécié à son mariage. Même si elle n'aurait pas passé ses vacances avec un curé, ajoute-t-il pour faire sourire l'assemblée qui sourit. Puis il tend le micro à son père qui fait un geste pour dire qu'il n'aime mieux pas. Il dit juste deux mots pour inviter les gens à manger un bout chez lui. Il a prévu de la charcuterie, du fromage, du vin, et Marie-Jo a fait une tarte meringuée dans laquelle Jeanne aurait mordu à pleines dents.

Jacques laisse volontiers le lit conjugal à Daniel et Élodie. Passer la nuit là-dedans ne l'enchante pas plus que ça. Et puis le canapé du salon est confortable, c'est souvent qu'il s'endort dessus, veillé par la télé.

Il s'en contente aussi les nuits suivantes, et aussi celles d'après. Il ne dort plus que là, où le réveillent les voix toniques d'une matinale de chaîne d'information. Il ne remontera plus.

Quand Daniel repasse deux mois plus tard, il s'étonne que son père ait, en guise de repas, décongelé une jardinière achetée au supermarché. On n'a plus droit à ses succulentes tomates ?

Il faut dire que le jardin n'a pas donné grand-chose ces temps-ci. Tout ça à cause de cet été de malheur où il n'est pas tombé une goutte. Et l'automne n'a rien rattrapé. Ce climat ça devient pénible franchement.

— C'est peut-être aussi que tu t'en occupes moins.

— Peut-être.

De fait, le carré dédié aux légumes a triste mine. Consultés en partant, les voisins confirment à Daniel qu'ils le voient dépérir de semaine en semaine.

En réalité ils ne le voient plus beaucoup. Désormais le plein air semble lui écorcher la peau, lui autrefois capable de bosser par tous les temps pour respecter les délais du contrat. Du coup il n'y a plus beaucoup de mouvement chez les Moreau. Même le chien on ne l'entend plus.

Les voisins disent toujours : les Moreau. Les copains disent : Jeanne et Jacques. Ils n'ont jamais dit Jacques et Jeanne. Pourquoi dans ce sens et pas dans l'autre ? Pourquoi Philippe et Brigitte, et pas l'inverse ? Encore un mystère, penserait Jacques s'il y pensait.

Parfois des bruits de moteurs de Formule 1 s'échappent par une fenêtre. Cette saison-là c'est Lewis Hamilton qui est champion du monde. La suivante, Lewis Hamilton. La suivante, Lewis Hamilton.

Le reste du temps, Jacques est dans l'atelier à ses maquettes qu'il a entrepris de repeindre, des plus anciennes aux plus récentes, des plus sophistiquées aux plus simples. Ce n'est pas que ce soit spécialement utile.

Un jour qu'il accorde les pièces d'une base de lancement, une chaise racle derrière lui où Jeanne est assise, vêtue de sa robe rose du cercueil.

— T'as mangé ? Je vais te faire à manger.

— C'est toi qui dois manger t'es tout maigre.

— Tu devrais être contente.

— Moi je l'aimais bien ta bedaine.

Ses chaussons sont ceux qu'il lui a apportés à l'hôpital où elle n'a jamais eu l'occasion de les mettre. Il voudrait les lui changer, aller fouiller dans le meuble à chaussures où sont encore toutes ses paires, mais une force le scotche à son siège en skaï.

— L'assureur c'était pas vrai hein ?

— Non c'était pas vrai.

— De toute façon ça change rien.

— Non ça change rien.

Elle a l'air triste et gaie. Jacques pivote vers la table de travail pour attraper une fusée peinte en vert pomme. Pour un avion c'est plutôt atypique comme couleur, mais c'est sa préférée. Sa dernière Twingo était vert pomme. Elle a un collier de perles vert pomme. Il doit être quelque part dans un tiroir de sa chambre. Quand Jacques se retourne elle n'est plus sur la chaise. On frappe à la lucarne, où s'encadre la face barbue de Frédéric. En voyant le matelas au sol, il se moque : Jacques a deux chambres pour lui tout seul et il faut qu'il dorme dans le garage !

Il avise aussi la télé que Jacques a branchée là en déroulant une rallonge.

— Tu te prépares pour la guerre atomique ?

Frédéric est venu aux nouvelles, vu que son ami ne répond même plus à ses mails. Jacques explique qu'il ne touche plus à sa tablette.

Le visiteur est d'abord passé par le jardin, sûr que son ami y serait. Il l'a trouvé méconnaissable.

Il appuie sa canne au mur et s'assoit sur la chaise de Jeanne en soufflant. C'est quand même un monde de plus pouvoir se tenir debout. Bipèdes, qu'ils disaient. Pourtant son Parkinson est stable, il a même plutôt moins de courbatures ces derniers mois. Enfin on imagine que ça reviendra, et empirera. On connaît la fin de l'histoire.

Jacques lui fait admirer une miniature de la sonde lancée vers Mars en 2013. Puis montre le MiG-21 qu'il compte rafraîchir aussi. Il avait racheté ce modèle parce que Jeanne avait perdu le sien dans le déménagement.

— Faudra bien t'en occuper.

Frédéric n'a pas bien entendu. Jacques répète : faudra bien t'en occuper. De mes maquettes. Mes maquettes faudra bien t'en occuper.

La moitié de la collection sera pour les petits-enfants mais l'autre moitié pour lui Frédéric. Ça Jacques ne l'a pas mis dans son testament donc il le dit d'homme à homme.

— Et si je cane avant toi on fait comment ?

Jacques dit que ça n'arrivera pas et n'en dira pas plus. Au bout d'un temps épais de silence, il allume la télé et Frédéric comprend que personne ici ne lui en voudra de repartir.

Les premières années de diffusion, Jacques était rarement à côté de Jeanne pour regarder Plus belle la vie. Que l'action se déroule à Marseille le rebutait, il n'aime pas cette ville, la preuve il n'y a jamais mis les pieds. Mais très vite la couleur locale a disparu, il s'est plu dans cet univers, les personnages piliers sont devenus des intimes qu'il retrouve chaque soir comme on s'assoit à table. À l'épisode 4334, Héloïse apprend à son père qu'elle est homosexuelle. Passé son premier mouvement de rejet, le père apprend à l'accepter comme elle est, avec ses désirs et ses amantes. Ça lui est plus difficile de renoncer à une descendance car Marie est sa fille unique. Or elle compte bien devenir maman et se dit prête à se soumettre au protocole requis. Dans l'esprit du père la réticence à cet artifice le cède à la joie d'avoir un petit-fils. Même une petite-fille lui ira. Elle illuminera ses vieux jours. À l'envisager, il se sent rajeunir. Lui qui n'a pas été un père très présent sera le meilleur des grands-pères. Il y a un bruit de clenche. Jeanne campée sur le seuil en robe rose fait un geste qui dit viens. Jacques pense d'abord aller au bout de l'épisode avant de se lever. Combien de temps reste-t-il avant la fin ? La pendulette indique 20 h 26. Il songe qu'elle va avoir froid avec ces chaussons, il va lui trouver autre chose. Elle dit que ce ne sera pas utile. Jacques veut au moins prendre une parka pour lui car on a un mois de mars assez frisquet mais Jeanne dit : dépêche-toi c'est maintenant. Il lui emboîte le pas sans regret. Bill assoupi à l'étage se dresse d'un coup. Il reste aux abois un moment, oreilles tendues à se les décoller, puis s'engage dans l'escalier, sa patte folle à la traîne. Du museau il pousse la porte de l'atelier. L'épisode en est au générique de fin. La pendulette indique 20 h 26. Bill lèche les pieds nus de Jacques mais ça ne le chatouille pas. Il lui lèche les mains mais ça ne l'agace pas. Il se hisse jusqu'aux joues en posant les pattes sur les cuisses mais ça ne réagit pas. Jacques n'entend pas non plus ses aboiements. Il est trop loin. Il est à quatorze kilomètres, aux côtés de Jeanne sur un chemin creusé d'ornières. Ils s'accompagnent. Elle est sa compagne et lui son compagnon. Depuis le sous-bois qui borde le chemin, un cerf coupé par la luzerne les regarde qui marchent droit devant eux. À mesure qu'ils avancent l'alentour s'efface, la forêt s'efface, les troncs les branches les feuilles les insectes s'effacent, le sol terreux sous leurs pieds s'efface, tout s'efface tout s'éteint et avec ce grand noir autour d'eux on dirait qu'ils flottent dans l'espace.

Composition : Entrelignes (64)
Achevé d'imprimer
par Normandie Roto Impression s.a.s.
en septembre 2023
Dépôt légal : septembre 2023
Premier dépôt légal : juin 2023
Numéro d'imprimeur : 2304266

ISBN : 978-2-07-302916-4 / Imprimé en France.

626324